「え、えええええええええ
ええええええええええっ!?」
好きかも」
とんでもない爆弾発言だった。
詩が絶叫する。
灰原くんの強くて青春ニューゲーム
haibarakun no tsuyokute seisyun newgame

夏希のバイト仲間で
存在感の薄い
軽音部員
Ba.
篠原 鳴
▶しのはら めい
人生2周目な
無自覚ハイスペック
主人公
Vo./Gt.
灰原 夏希
▶はいばら なつき

夏希をバンドに
勧誘した音楽を
愛する女子高生
Gt.
本堂 芹香
▶ほんどう せりか
期間限定バンド
『寄せ集めの余り者たち』
mishmash leftovers
——始動!!
寡黙だが確かな
実力を持つ
軽音部の先輩
Dr.
岩野 健吾
▶いわの けんご
Kengo

「――あたしね、
ナツのことが好きだよ。大好き」
そこにあるのは
向日葵のような笑顔だった。
1-Ⅱ

灰原くんの強くて青春ニューゲーム４

雨宮和希

HJ文庫
1068

▶contents

▼序章　わたしのヒーロー

入学式の日。最初に見かけた時は、素直にかっこいい人だなと思った。

背が高く、細身。涼鳴の制服がよく似合っている。顔立ちも整っていて、セットされた髪形には爽やかな印象がある。何より、やけに落ち着いた雰囲気に惹かれた。

同じクラスだと分かって、成り行きで同じグループになって……正直、なんか思ってたのとは違った。落ち着いている時と挙動不審な時の差が激しいし、ちょっとスカしているのが若干ムカついたし、わたしにだけグイグイ来るのがちょっと苦手だった。

多分わたしのこと好きなんだろうなぁ……とは思いつつ、まあ別に嫌じゃなかったので普通に対応していたら、段々と印象が変わってきた。この人はもしかしたら、何でもできるように見えて、実は不器用なのかもしれない。ちょっとだけ興味が湧いてきた。

わたしは学校のアイドル（予定）なので、特定の恋人を作るつもりはない。でも告白されない程度に、距離を縮めてみようかなと思った。ＲＩＮＥをしてみたり、いきなり電話してみたり……自然と、もっと彼のことを知りたいと思うようになっていった。

恋心じゃない。気になったのだ。勉強と運動、他にも料理や歌みたいな趣味も完璧にこなすような能力と、その不器用で鈍感で、自分に自信のない性格のアンバランスさが。

だから屋上での竜也くんとの口喧嘩を見て驚くこともなく、腑に落ちた。

普段の振る舞いは仮面だったのだ。高校デビューという事実を隠すため、必要以上に気を張っていただけだった。その事実がみんなにバレてから、夏希くんはある程度自然体で振る舞うようになった。それでも、完全に素というわけじゃないだろうけれど、以前よりもとっつきやすくなったのは確かだ。頑張っていただけなんだなって思うと、ちょっとだけ可愛く見えてきた。それから夏希くんと、よく話すようになった。夏希くんはわたしの小説トークを楽しそうに聞いてくれて、薦めた小説を読んでくれるようになって、わたしの好きなものを理解しようとしてくれる姿勢を好ましく思って、単純に、好きな小説の趣味も合っていた。彼の話に、「分かる！」と共感できることが嬉しかった。

映画デートに誘われて、わたしが迷う素振りを見せると、夏希くんは用意していたように美織ちゃんと怜太くんも誘う流れに移行した。実際、最初から計画を練って誘ってきたのだろう。そこまで本気なら……と思ってしまうわたしもいたけれど、脳裏に過るのは詩ちゃんだった。明言こそしていないけれど、詩ちゃんはどう見たって、夏希くんのことが好きだ。わたしが夏希くんと仲良くしていたら、詩ちゃんは快く思わないだろう。

わたしは詩ちゃんが好きだ。

いつも明るくて、一緒にいるとわたしも元気が湧いてくる。ある程度演技でやっているわたしみたいな偽物にも、力を与えてくれるのだ。ずっと友達でいたいと思う。でも恋愛感情がこの関係を引き裂く可能性があるのなら、夏希くんの好意は断るしかない。

理屈では分かっている。分かっているのに、デートの日が近づくと、心が浮き立っている自分がいて。着ていく服に迷って、鏡を何回も確認したりして、いつの間にか夏希くんに惹かれている自分を否定できなくなって、その気持ちを抑え込もうとした。

夏希くんと距離を取り、何だか元気のない詩ちゃんにかかりきりの様子を見て、複雑な感情を抱いている自分の気持ちに気づかないふりをした。そのまま遠くから、距離を縮めていく夏希くんと詩ちゃんの様子を眺めていて……七月頭の週末、夏希くんが詩ちゃんと二人で七夕まつりに行くことを知った。正直、ショックだった。ショックを受けている自分がいた。心のどこかで、そんなことにはならないだろうと思っていた。夏希くんはわたしのことを好きでいてくれると思っていた。だから詩ちゃんの好意は断るのだろう、と想定していなかったと言えば嘘になる。わたしは最低な人間だ。詩ちゃんに対して、優越感を持っている悪いわたしがいたのだ。でも、詩ちゃんは誰が見たって可愛い。あんなに可愛い子に好意を見せられて、気にならない男の子なんてそうはいないだろう。

わたしはその事実にようやく気づいた。気づいた時にはすべてが遅くて、夏希くんと詩ちゃんは、なんかもう「早く付き合えばいいのに」みたいな雰囲気になっていた。

その時のわたしには、暗い気持ちと共に安堵する気持ちもあった。これでもう、思い悩まなくて済む。むしろ諦めるには良い機会だと自分に言い聞かせた。……諦める、なんて表現が出てくるほど大きくなっていた感情を封印して、二人を応援すると決めた。

そんな夏の日のことだった。

家族の問題で思い詰めていたわたしを、夏希くんが助けてくれたのは。

頼ったのは、わたしだ。喫茶店のお金を払い忘れたことを口実に、弱いわたしの心は夏希くんに縋ってしまった。優しい夏希くんなら、わたしが頼れば、助けてくれることは分かっていた。情けないことに、その時のわたしは自分のことに精一杯で、他のことを考えている余裕はなかった。後から思い返すと、いきなり夏希くんの家に泊まったり、すごいことしちゃったなと思う。そして、すべてが解決した時、わたしは、もう自分の気持ちが抑えきれないほど膨らんでしまっていることを自覚した。海に旅行した日、気づいたら夏希くんのことを目で追っていて、そんな自分に恥ずかしくなった。

星宮陽花里は、灰原夏希のことが好きだ。そう、認めざるを得なかった。

初恋だった。

一緒にいたい。付き合いたい。抱き締めてほしい。
そう思えば思うほど、心が重くなる。
……夏希くんのことが好きなのは、わたしだけじゃないから。
詩ちゃんは、周りをよく見ている。
きっとわたしの気持ちが変わったことにも、気づいているだろう。
『決めた。わたし、詩ちゃんには負けないから』
夏希くんに、そう宣言した。
もう自分の気持ちを誤魔化さないと決めたから。
……覚悟を決めよう。詩ちゃんと、話をするために。

▼第一章　ハリボテ

楽しかった夏休みが終わり、二学期が始まった。

まだまだ夏の暑さは残っている。冷房をつけるかどうか迷う半端な暑さは逆に辛い。教師によっては扇風機だけで乗り切ろうとするからな……。みんな暑さでぐだーっとしている様子を眺めながら、俺は下敷きでぱたぱたと顔を扇ぐ。そんな俺たちの様子にようやく気づいた世界史の教師が、「すまんすまん。暑いよな」と言いながら冷房をつけた。

よし、暑いですアピール成功！　冷房から吹く涼しい風が心地いい。露骨にぱたぱたと下敷きで音を鳴らした甲斐があったぜ……。自分の成果に満足していると、斜め前の席に座る詩がこっそり親指を立ててくる。詩は詩で「あつ……」とか小声で言ったり、試行錯誤していたからな。これは俺たちの協力プレイによる勝利なのだ！

かつかつと、黒板にチョークを走らせる音が響く。

几帳面な世界史の教師が整然とした解説を黒板に記載し、俺たちはそのままノートに書き写していく。この教師の授業はまずだいたいの内容を黒板に書いてから、残りの時間を解説に使うことが多い。黙々とシャーペンを動かしていると、ふと肩を叩かれた。

隣には申し訳なさそうな顔の星宮。

「ごめん、消しゴム貸して」

手を合わせて小声で頼んでくる星宮に、消しゴムを手渡す。

いそいそと自分のノートを消しゴムでこする星宮の横顔を眺めながら、密かに幸福感に満たされていた。二学期になると同時に、席替えがあったのだ。その結果、俺は窓際の列の後ろから二番目という神ポジションを確保した。しかも隣の席は星宮陽花里だ。

その代わり、他の面子とはだいぶ離れてしまった。二席ほど挟んで斜め前に詩。竜也と怜太は真ん中の列に並んでおり、七瀬にいたっては廊下側の列なので俺とは真逆だ。

それでも星宮の隣なら文句はない。

そんなことをぼうっと考えながら星宮の横顔を眺めていたら、視線に気づいたのか顔を上げた星宮と目が合う。ぱちぱちと目を瞬かせた星宮の頬が、なぜか朱色に染まる。

可愛いなぁと思っていたら、なぜか不満げな目で睨まれた。それどういう感情なの？

分かりやすく首をひねると、星宮は唇を尖らせながら脇腹をくすぐってくる。だからどういう感情なの⁉　危うく静かな教室に俺のキモい声が響くところだったぜ……。

それから星宮は「……ありがとう」と小声で言って、消しゴムを返してくれた。結局どういう感情だったんだよ……と思いながら黒板に視線を戻すと、世界史の教師が露骨に俺たちの方を見て、ちょっと呆れた顔をしている。慌てて居住まいを正す俺だった。

それからは真面目に授業を聞いていたが、すぐに終了の鐘が鳴った。世界史はちゃんと聞いていると面白いな。壮大な長編小説を読んでいるような気分になれる。

伸びをして凝り固まった体をほぐしている俺を、隣の星宮がじっと見ている。

「何だよ？」

そう尋ねると、星宮は目を瞬かせる。

「……特に、何もないけど」

「なんか、授業中も脇腹くすぐってきたじゃん」

「それは……夏希くんがじっとわたしのこと見るからだよ……」

星宮は顔を逸らすが、その耳まで赤く染まっている。どう見ても照れていた。なんか最近、星宮のリアクションが結構、その……何というか、とても分かりやすい。

『いつか、満月の見える夜に』

普段なら自意識過剰だと戒めるところだが、星宮の気持ちを知っている以上、決して勘違いじゃないことも分かっている。星宮も多分、あまり隠す気がないのだろう。

「やっと今日の授業も終わったねー」

「そうだな。夏休み気分がようやく抜けてきたよ」

「えー、わたしはまだ抜けてないなぁ。ずっと夏休みが良い……」

「それは俺もそうだけどさ」

「……旅行、楽しかったね。また行きたいなぁ」

「そうだな。まあ次は冬休みか。スキーとか、温泉とか？」

「わ、スキーめっちゃ楽しそう！　でもわたし、転んで大怪我するかも……」

「ま、まあ多少なら教えられるから大丈夫……いや、ごめん。やっぱり無理かも」

「ちょっと、諦めないで⁉」

スポーチャの時の星宮の運動神経を見ると、安易に大丈夫とは言い難い。大学生の時はたまにスキーをしていたが、星宮に教えられるほど上手いわけじゃない。

「夏希くん、今日はどうするの？」

星宮は話を切り替えるように尋ねてきた。

「放課後なら今日はバイトだな」

「……じゃ、じゃあバイト先まで、一緒に帰ろ？」

ちょっと緊張した様子の星宮の言葉に、思わず硬直する。

「……いや、今日は人足りなくて、学校終わり次第、急いで行くつもりだから」

「あっ、そうなんだ。じゃあ仕方ないよね。気にしないで」

星宮はあはは、と愛想笑いを浮かべ、俺たちの間に気まずい沈黙が横たわる。

……嘘はついていない。今日は店長に、急いでほしいと言われていた。

ただし、もちろん学校優先で、とも言われていたし、バイト先までの間、星宮と雑談しながら向かうぐらいなら別に問題ないだろう。つまり俺は単純に断ったのだ。

大好きな星宮からの誘いだというのに……俺は、どうしてしまったのだろう。

自分の気持ちを整理できていない状態で、星宮と二人きりになるのは少し怖かった。

星宮も……そして詩も、積極的に俺を誘ってくる。そのたびに俺は、何かしらの理由を付けて二人きりを避けていた。何か考えがあるわけじゃなく、反射的な行動だった。

——二人が俺に好意を持ってくれていることは、本当に嬉しいのに。

嬉しいのに、なぜかおそろしい。矛盾する感情が胸の内で渦を巻いている。

「はぁ……」

昼休み。校舎裏の人気のない外階段に座り、ため息をつく。

暗くてじめじめしていて、しんと静まり返っている。こういう場所は妙に落ち着く。

そう、ここは一周目の俺がよくひとりで昼飯を食べていた場所だった。やりなおしてからは一回も来ていなかったが、なぜか足がここに向いてしまった。購買で買ったパンをもぐもぐと頬張(ほおば)っていると、近づいてくる足音が耳に届き、そちらに目をやる。

「あれ？　夏希。こんなところで何やってるの？」

きょとんとした表情を浮かべているのは芹香(せりか)だった。

「見ての通り、飯を食ってる」

「こんなとこで？」

「たまにはひとりになりたい時があるんだよ」

そう答えつつ、ぶっちゃけ知り合いに見られたくはなかった。

芹香は「ふーん」と興味なさそうに呟(つぶや)き、近くの木々をじっと眺める。

「そういう芹香は、なんでここに？」

「カブトムシいないかなって」

「はい？」

この子はいったい何を言っているんだ？

「なんでカブトムシ？」

「校舎裏の木々には、結構いる」

「いや、そうじゃなくて、なんで探してるんだ？」

「見つけると、面白いから」

……だ、駄目だ！　会話が通じるようで通じねえ！

最近は芹香とも結構仲良くなってきたが、いまだに考えが分からない。

「でも九月だから、数が減ってきたね。パッと見、いないし」

むむ、と難しい顔で木々の周りをうろちょろする芹香。

そんな芹香は三分ぐらいで飽きたのか、俺の隣に座ってきた。

「……あの、狭いんですけど」

ひとりが通れるぐらいの幅しかない外階段なので、普通にめっちゃ足とか腰とか当たってるんですけど。芹香は微妙な表情の俺を見て、くすくすと笑った。

「一段後ろに行ってもいい？」

芹香の言葉にパンを頬張りながら頷くと、芹香は一段上り、俺の体を足で挟むような恰好で座り直した。俺の体の左右に、芹香の細くて綺麗な脚がある。

おや？　何も考えずに頷いたら、ちょっと、なんか、その……もしかして、これ俺が振り向いたら、そのままパンツが見えるやつでは？　芹香はこの学校の女子の中でも特にスカートが短いからな……。いやいや俺、落ち着け。余計なことを考えるな。

俺が無の気持ちで総菜パンを食べ進めていると、頭をぽんぽんと撫でられる。

「お、ちゃんとセットされてる」

「そりゃまぁ多少は……だからあんま触(さわ)らないでくれ」

毎朝鏡の前でうんうん唸(うな)ってますからね。繊細(せんさい)な調整をしているのだ。

しかし芹香は俺の言葉を無視して、勝手に髪(かみ)を逆立てたりしている。おい、やめろ。

「なんかあったの？」

芹香は淡々(たんたん)とした口調で尋ねてきた。

「……特に、何も」

「何もなかったら、こんなとこに来ないでしょ。私だってそうだよ」

見透(みす)かすような言葉に、反論を失う。

「……芹香に、悩みがあるのか？」

「ないわけないじゃん。もしかして、私のこと馬鹿にしてる？」

そう言って、芹香は空を仰(あお)ぐ。その表情は、どこか泣きそうにも見えた。

「芹香なら、どんなことでも上手くやれると思ってた」

「ぜんぜんだよ。上手くいかないことばっかり。昨日だって……」

芹香は自分の言葉を遮(さえぎ)るように首を横に振る。いつもマイペースな芹香も、悩みを抱(かか)えているらしい。あまり感情を表に出さないだけなんだろうな。

「夏希は？」

「……強いて言うなら、はっきりしない自分に嫌気が差してる」

言葉にして、初めて自覚した。

胸中で渦を巻くもやもやしていた感情を定義したと言うべきだろうか。

「詩と、陽花里ちゃん？」

「……何だよ、お見通しなのかよ」

「まあ旅行の時の様子を見てたら分かるよ。美織からも話は聞いてるし。それで？」

「……正直な話、どうすればいいのか分からない」

「優柔不断だね。モテる男の悩みだ」

贅沢な悩みなのは分かっている。俺は女の子にモテたいと思っていた。そのための努力をしてきた。だから現状はある意味、俺が望んでいた状況とも言える。

だが、俺は好意を向けられるってことの意味をあまり理解していなかった。これまで女の子にモテたことが一度もなかったから。人の好意を、アニメや漫画のイメージでしか考えていなかった。でも、ここは現実だ。この状態を長くは続けられない。

二人から好意を明言された以上、俺は答えを出す必要がある。

つまり、どちらかを選び、どちらかを振るということだ。

その時のことを思うと、気分が重くなる。

俺は二人のことが好きだ。だから、二人が悲しむ顔なんて見たくなかった。

「ま、分かるよ。応えられない好意を向けられるのって、こっちも割と辛いんだよね」

芹香はどこか寂し気な声音で呟いた。経験があるのだろう。整った容姿と、誰とでもラフに接する性格から、男子からの人気があることは知っている。

「振った後、友達でいられるとも限らないし」

「……やっぱり、そうなのか？」

「友達でいようね、って言っても、現実はそうはいかないよね。気まずくなって、段々会わなくなって、連絡取らなくなって、いつか挨拶もしなくなって……」

芹香は俺の頭に顎を乗せる。ナチュラルに距離感が近すぎる件。これがギャルか。

「夏希の場合は同じクラスで同じグループだから、案外大丈夫かもね」

「……仮に俺が答えを出して、どちらかと付き合うことになったとして、その場合、選ばなかった方は同じグループにいてくれるのかな？」

「まあ、そりゃ露骨にイチャつかれたら辛いんじゃない？　でも、私なら自分の中で折り合いをつけるかな。普段つるんでるグループも大切だと思うから」

でも、どうだろう……と芹香は続けた。

「あの二人は、ちょっと好意が重そうだから……分からない」

その時のことを想像する。今のグループがばらばらになるのは嫌だった。

「そっか。夏希は、今の関係を壊したくないんだ？」

「……まあ、そりゃ居心地が良いからな。みんなとは、ずっと友達でいたい」

「夏希は夏希で、重いね。友達に対して」

「やかましい。こちとら友達が少ないんじゃい」

「どうせ、なるようになるでしょ。なるようにしかならないとも言う」

「ええ……いいのかよ、それで」

「いいんだよ。だから——夏希も、自分の気持ちに素直になった方がいい。余計なことを考えるより、それが多分みんなのためにもなる。てか結局、それしかできないし」

……自分の気持ちに素直に、か。それが難しいんだけどな。

今はいろんな感情が複雑に混ざり合っていて、俺は自分の気持ちすら分からない。

俺は、どうしたいんだ？　俺は、何を選びたいと思っているんだ？

「そんな暗い顔じゃ気が滅入るでしょ。テンション上げてこ」

芹香は俺の肩でリズムを取り、俺の知らない曲を勝手に歌い始める。

マイペースな芹香に、苦笑しながらも元気づけられた。正直なところ今は、大好きな星宮や詩と過ごす時間よりも、芹香や七瀬と過ごす時間の方が、心が落ち着いた。

昼休み終了の鐘が鳴ると、芹香はそう言いながら去っていった。

「後悔のないように、ね」

＊

放課後。星宮にああ言った手前、さっさと学校を出て通学路を歩いていた。

耳につけたイヤホンから流れているのはバンドサウンド。激しいロック調の曲に、前を向こうとする歌詞が乗せられる。ブルーエンカウントの『MEMENTO』だった。

気分が重い時は、音楽を聞くと少しはマシになってくる。

これは芹香からＲＩＮＥで送られてきた『元気が出るプレイリスト』の一曲だ。同じ音楽アプリを使っているので、タップするだけでそのまま聞くことができる。

芹香とは音楽の趣味が似ている。彼女が薦めてきた曲は、どれも気に入っていた。

駅前のバイト先こと喫茶マレスに到着し、入り口の扉を開く。

からんと来客を告げる鈴の音。

「お、来たね夏希ちゃん」

反応してこちらに振り向いたのは、バイト先の先輩である桐島さんだった。

最近は俺のことをちゃん付けで呼ぶのだが、女子みたいな響きなのでやめてほしい。

桐島さんの隣には、バイトの制服を着た見知らぬ少年が立っている。

女子にしては背の高い桐島さんよりは背が低く、痩せ気味の体格。分厚いレンズの丸眼鏡をかけていて、ちょっと野暮ったい印象を受ける。雰囲気がオドオドしていた。

「紹介するね。この子は昨日から入った新人の篠原くんです」

そういえば新人が入ってくるという話は聞いていた。

「し、篠原です。よろしくお願いします」

ぺこりと頭を下げる篠原くん。俺も慌てて頭を下げ、自己紹介をした。

「どうも、灰原夏希です」

「篠原くんもキッチンだから、夏希ちゃんがいろいろ教えてあげてね」

俺もまだ新人のはずなんだが……と思ったら、もう四か月は経っているのか。

時の流れは早い。楽しい日々は、一瞬で過ぎ去っていく。

「二人とも、なんで敬語なん？　同じ学校の同じ学年なんでしょ？」

けらけらと笑っている桐島さんの一言に驚く。

「え、そうなの？」

「あ、はい……一応、涼鳴の一年四組です」

「マジか。俺は一年二組なんだよね。よろしく」

言われてみると見覚えはあるような気もする。

「もちろん知ってますよ」

篠原くんの言葉の意図が分からず、首を傾げる。

「もちろん？」

「灰原さんは有名ですから」

至極当然であるかのように篠原くんは言う。

そうなんだ。俺、有名なんだ……。悪い意味じゃないですよね？

まあ、あのグループにいる時点で目立つのは仕方ないか。

「へぇ、夏希ちゃんって学校の有名人なんだ？」

「……は、はい。イケメンだし、勉強も運動もできるし、女子に大人気ですよ」

「あ、やっぱり夏希ちゃんモテるんだぁ、へぇー」

桐島さんは篠原くんの話を聞いて、にたにたと楽しそうに笑っている。

褒められると悪い気はしないけど、桐島さんは俺をいじる気満々だからな……。

「篠原くん、でいい？　同じ学年だしタメ口でいいよね？」

俺は親しみやすい口調と表情を意識しつつ、篠原くんに問いかける。

「あ、はい……じゃあ僕も、灰原くんって呼んで大丈夫ですか？」

「オッケー。てか、タメ口でいいよ？」

「す、すみません、敬語の方が落ち着くんですよね」

なるほど。そういうタイプの人か。

何となく雰囲気に馴染みがある。昔の俺と同じ陰のオーラだ……！

「今日、唯乃ちゃんは？」

「七瀬はシフト入ってないはずですよ」

「んじゃ、あたしと夏希ちゃんと篠原くんだけだね。頑張ろう！」

元気に腕を掲げる桐島さんに、篠原くんが控えめに拳を作って応じている。

「はーい、とりあえず着替えてきます」

大学時代のバイトで、新人にものを教えた経験はそれなりにある。

それに昨日から入っているのなら、基本的なことは他の人に教わっているだろう。

さて、今日もぼちぼち働きますか。

旅行でかなり金を使っちゃったし、稼がないとね。

＊

今日は珍しく客の出入りが激しい日だった。

篠原くんはお世辞にも物覚えが良いとは言えなかったが、真面目な性格で一生懸命に取り組むところは好感が持てた。全部メモを取ろうとするのはちょっと笑ったけど。

「今日も何とか終わったなー」

「つ、疲れました……」

「はは、最初は慣れないから疲れるよな」

休憩室で学校の制服に着替え直しながら、ぐったりしている篠原くんに声をかける。

突然扉が開いた。着替え中の俺たちを気にもせず、桐島さんは元気に宣言する。

「じゃ、あたし帰るね！」

「やけに元気ですね。バイト終わりなのに」

「へへへ、分かる？　彼氏が迎えに来てくれたんだ～」

「はいはい。惚気は聞き飽きました」

幸せオーラ全開の桐島さんを見送り、俺と篠原くんで店の戸じまりをする。

「夜はだいぶ涼しくなってきたなぁ」

時刻は二十二時。空はすっかり真っ暗だ。駅までの道を篠原くんと並んで歩く。ゆるりと吹く風が心地いい。過ごしやすい気候になってきた。秋の訪れを感じる。

「そ、そうですね」

だいぶ間を置いて、そんな返答があった。

きっと俺の言葉が独り言なのか、それとも自分に向けたのか分からず、悩んだ末にとりあえず無難な返答をしてみたのだろう。その気持ち、めっちゃ分かるよ……。

篠原くんのことは結構気に入っている。親近感が湧くので。

バイト先の人間関係が良いに越したことはないし、仲良くしてくれたら嬉しい。

「……あの。今日は、ありがとうございました」

篠原くんは小さな声でそう言って、ぺこりと頭を下げる。

「いやいや、そんなかしこまらなくても大丈夫だって」

「でも、灰原くんにはだいぶご迷惑をおかけしてしまって……」

「最初のうちは仕方ないよ。俺だって、入りたての頃は七瀬や桐島さんに迷惑かけたし」

言ってから思ったけど、ぶっちゃけそんな記憶はなかった。まあ俺が人生二周目でバイト経験が豊富という反則技のおかげなので、本来なら迷惑をかけていたと思う。

「そうなんですか？　桐島さんは、灰原くんは手のかからない子だけど、普通じゃないからあんまり自分と比較しちゃ駄目だよって言ってましたけど……」

余計なこと言うなよ桐島さん……。相変わらずお喋りな性格だなぁ。

あんまり深堀りしても篠原くんが落ち込みそうだし、こういう時は話を変えよう。

「篠原くんはどうしてバイトを？」

「お金が必要で……やっぱり楽器とか機材は高いし……」

「楽器？」

「あ、僕……軽音部なんです、一応。に、似合わないですけど……」

確かに意外ではあるけど、そんなに自分を卑下されても反応に困る。

馬鹿にされないように、あえて自分から言うみたいな心理は分かるけども。

「いいじゃん、軽音。何の楽器やってるの？」

「ベース、ですね。あんまり上手くはないですけど……あ、ベースって分かります？」

「うん。俺ロックバンド好きだし。あれでしょ、低音鳴らすやつ」

ベースはバンドの心臓だ。主役はボーカルやギターかもしれないが、ベースが奏でる低音域がバウンドサウンドに迫力を出し、曲の雰囲気やリズムを安定させる。俺はギターしか弾いたことはないが、上手いベーシストには憧れがあった。仕事人って感じだよね。

「そう、です。ロック、好きなんですか？」

「まあ、それなりに。最近流行りのバンドはだいたい追ってる」

俺にとっては七年前のバンドなので、どれも追わなくても知っているんだけどな。

「……僕も、好きなんです。だから僕も、バンドやりたいと思って」

篠原くんは芯の通った声でそう言った。きっと本音なのだろうと伝わってきた。

「今まで、ずっとひとりでベース弾いてたけど、高校では勇気を出して、軽音部に入ってみたんです。ぶっちゃけ、あんまり馴染めてないですけど。ははは……」

「ま、まあまあ……てか、軽音って何人ぐらいいるの？」

「え、えーっと十二人ですかね。三年生がもう引退しちゃったので」

「結構人数いるんだなぁ。バンド二、三組はできそう」

「今は二年生四人のバンドと、一年生三人、二年生二人のバンドの二組ですね。まあ僕は友達がいないので……バンドも組めずに余りものなんですけど……ははは……」

ずーん、と露骨に落ち込んでいる篠原くん。ふ、触れづらい！

「でも十二人だっけ？　それなら三人は余ってるよね？　スリーピースなら……」

「みんな僕のことを忘れてるので……残りの二人は組む気あるのかも分からないし」

だ、駄目だ！　すべての会話がネガティブな方向に行く！

何かポジティブな話題はないものか。そういえば芹香も同じ軽音部だよな。

「本堂芹香って知ってる？」

「あ、はい……まさに今言った残り二人のうちのひとりです」

「え、そうなんだ。芹香は友達なんだよね」

「本堂さんの場合は、上手すぎてみんな引いてるんですよ。技術的にもモチベ的にも周りと違いすぎて、組みたくないって人が多いんです。最初は人気だったんですけど」

篠原くんの言葉で、昼休みの芹香の表情を思い出す。

今にも泣きそうだった理由は、もしかすると部活に関係しているのだろうか。

「芹香ってそんなに上手いんだ？」

「演奏も、音作りも、何もかも格が違いますね。いくらお互いに余りものでも、僕なんかが本堂さんと一緒にバンド組むなんて、恐れ多すぎて……無理なんです……」

篠原くんは下を向いて歩きながら、自嘲気味に言う。

「でも、バンドは組みたいんだよな？」

「そりゃ組みたいですけど……僕なんかには、難しいですよ」

「でも楽器や機材のためにバイト始めたってことは、まだ諦めてないんだよな？」

図星を指されたのか、篠原くんは苦虫を噛み潰したような顔で押し黙る。

……大学時代、ギターを買った時の俺は、きっと今の篠原くんと同じ気持ちだった。

自分から他人に話しかける勇気はない。だからバンドに誘われたかった。でも、そもそも友達がいないのに、待ちのスタンスで望んだ未来が訪れるはずもない。

　俺みたいに後悔だけはしてほしくない。でも、後悔のないように、なんて、芹香に言われたばかりの俺に言う資格はなかった。だから篠原くんにかける言葉を見失った。

「……じゃあ、また」

「……は、はい。失礼します」

　篠原くんはぺこりと頭を下げ、駆け足で改札を通り抜けていった。

　野暮ったい容姿も、おどおどした態度も、ネガティブな言動も、馴染みがある。

　まるで高校デビューに失敗した後の俺を見ているかのようだ。

　駅のホームで電車を待っていると、雨が降り始めた。

　秋は天気が変わりやすい。今日の天気予報はずっと晴れだったはずなのに。

　しとしとと、地面に滴り落ちるような雨だった。

＊

　それから三日後。土曜日の昼だった。

　波香がリビングでバンプオブチキンのライブＤＶＤを見ていたので、ソファで寝転がりながら一緒に眺めていたら、ふとポケットに入っているスマホが通知音を鳴らした。

ロック画面にポップアップが表示されている。詩からのＲＩＮＥだった。

『ね、いま暇？』

悪いが、俺は暇なんかじゃない。

今まさにバンプのライブＤＶＤを見てるし、読みたい漫画もあるし、最近はアクション系の洋画も開拓している。あとは……ほら、散歩とかね。とっても忙しいのだ！

『すごく忙しい』と送ったら『暇なんだね！』と返ってきた。解せぬ。

『部活終わって、これからミオリンとセリーとカラオケ行くんだけど、どう？』

……カラオケですか？

いやカラオケは好きだからいいけど、なんでその面子に俺？

『セリーがナツの歌、聞きたいんだって！』

なるほど。正直、そんなに期待されるほど上手くはないと思うんだが。

『あんまりハードル上げないでくれ～』

『大丈夫だよ！　だって実際めっちゃ上手いんだもん！』

う、うーん……まあ断る理由も特にないし、別にいいか。

芹香とは音楽の趣味が合うし、歌を聞いてみたい気持ちもある。美織の曲の趣味は知らないけど。『了解！』の意味があるスタンプを送り、外出用の私服に着替える。

「お兄ちゃん、どっか行くの？」

波香がせんべいをバリバリかじりながら尋ねてくる。

「ああ、友達に誘われた。帰る時間はまた連絡する」

波香はテレビに視線を戻して「あい〜」と適当な返事をした。

外に出て、駅に向かう。

何とも言えない空模様だった。雨が降らないことを祈るしかない。

どっかで昼飯を食っていかないとな。久々の外食。ここはやはりラーメンだな！

というわけで、ラーメン屋に寄ってから電車に揺られること約一時間。

駅の改札を通ると、ちょうど正面にいた女の子が俺に気づいた。

「あっ、ナツ！　こっちこっち！」

詩がぴょんぴょん飛び跳ねながら手を振っている。子供か？　普通にスカートがめくれそうなのでやめてほしい。思わず視線が下を向きそうになるだろ！　詩のスカートが芹香並の短さだったら、おそらく余裕で三角形の布が見えていること間違いなし。

その両隣には、詩と同じく涼鳴の制服を着ている芹香と美織。

「ごめん、待たせたか？」

「ん、それなりに。暇だった」

「ちょちょ、セリー。ナツはあたしたちが呼んだから来てくれたんだよ⁉」

素直すぎる芹香に、慌ててツッコミを入れる詩。

「分かってる。行こう、カラオケ。楽しみ」

芹香は鼻歌を歌いながら歩き始めた。マイペースすぎる。

美織がそんな芹香の隣をすでに歩いているのは、慣れているからなんだろうな。

詩と目が合い、お互いに笑い合った。隣に並んで歩き出す。

カラオケ店は駅から徒歩三分ぐらいの場所にあった。

芹香が手慣れた様子で受付を済ませ、四人には広すぎる大部屋に案内される。

「今日はお客さんが入ってないのかな？」

「それもある。でも、私が広い方が良いって言った。広い方が気持ちいい」

小首を傾げた詩に、芹香がデンモクを操作しながら答える。

「ま、狭いよりは広い方がいいよね」

美織はそう呟くが、俺はどちらかと言えば狭い方が好きなので共感はない。

何なら狭ければ狭いほど安心する。ここが俺の居場所なんだって気がするので……。

席配置はテーブルを挟んで芹香と美織が対面で、詩が俺の隣だった。

……冷静に考えるとこの状況、だいぶ緊張するな。俺しか男いないし。女の子と一緒にカラオケなんて昔は憧れていた光景だが、現実はちょっと居心地が悪い。

正直、竜也とか怜太にもいてほしかったな……。

曲を選びながらきゃっきゃしている美織たちを見ていることしかできない。

「よし、一番手もらうよ」

美織がデンモクを操作して、大画面のスクリーンに曲名が表示される。

最近流行りのアイドルグループの曲だった。アップテンポでノリやすいメロディ。カラオケを盛り上げるには最適な曲だろう。それから美織はマイクを二本取り出した。

「これ歌いたかったんだよね。詩も一緒に歌う？」

テンション高めの詩が「おっけー！」と返事をして、二人は一緒に歌い始めた。

ふぅ……誰かが歌っている間は何も喋らないことが許されるので落ち着くぜ……。それにしても美織、普通に上手いな。昔から何をやらせても上手いんだよなぁ、こいつ。

芹香はデンモクを眺めながら真剣な顔で唸っている。うん、放っておこう。

曲が終わったタイミングで、美織は思い出したかのように採点機能をオンにした。

「そうだ、点数勝負しようよ。負けたらアイス奢りね」

不敵に笑う美織に対して、詩が大きく腕を交差してバツ印を作る。

「ぜったい負けるからヤダ！　あたしはパス！」

「えー？　別に大丈夫でしょ。詩だって上手いじゃん」

「ナツやセリーとはレベル違うもん！　てか、ミオリンもどうせ勝てないよ？」

「むっかー。私、そう言われると逆に燃えるんだよね」

負けず嫌いを発揮する美織に、芹香が言う。

「私はいいよ、別に。ただでアイス食べられるんでしょ？」

「む、むっかー！　なめやがってこんにゃろ！」

怒った表情の美織が芹香に飛びかかり、脇腹をくすぐろうとする。

「ちょ、やめてってば。くすぐったい……んぅっ……！」

珍しく焦った表情で体をくねらせる芹香が可愛い。

二人のじゃれ合いを眺めていたら隣から詩の視線を感じたので、素知らぬ顔でスマホを取り出して音楽アプリを見ているふりをした。俺は何も見ていませんですわよ？

「あなたは？　やるの？」

「……まあ、別にいいけど」

こういう時の美織の誘いを断ると拗ねるからな。

正直あんまり負ける気はしない。さっきの美織の歌声を聞いた感じ、八十点後半ぐらいが平均点じゃないだろうか。ヒトカラで鍛えまくった俺の敵ではないぞ。フフフ。

確実に九十五点を超える得意曲の用意はある。まあ半分以上はまだこの時代に存在しない曲なので使えないけどね。このあたりはタイムリープのデメリットではある。

「じゃ、私からでいい？」

と芹香が尋ねてくるが、答える前にすでに曲が登録されている。

画面に表示されたのはマイファスの『Missing You』だった。迫力のあるバンドサウンドが部屋中に響き渡る。点数勝負でゴリゴリのロックを歌うのマジかよ。一般的にロックは難しい曲が多く、点数が取りにくいと言われている。単にあんまり勝つ気がなく好きな曲を優先しただけなのか……それとも、自信があるのだろうか。

答えはすぐに分かった。芹香の女性にしては少し低めの声が、圧倒的なハイトーンボイスを特徴とする男性ボーカルの歌にマッチする。画面上部に表示されている音程バーが一切ずれないまま移り変わっていく。いや、あの……ええ？　上手すぎない？

「セリーはボーカルもよくやってるから」

驚きのあまり口をぽかんと開けていた俺に、詩が耳打ちしてくる。

すげえ、ギターボーカルか。ロックバンドの花形だなぁ。

サビの最高潮に合わせて声量が一段階上がり、思わず鳥肌が立った。

美織はノリノリで手拍子をしている。詩も体を揺らして、曲のテンポに乗っている。

俺は圧倒されたまま硬直していた。

そして曲が終わりを告げ、画面に点数が表示される。

――九十四点だった。めちゃくちゃ高いが、正直もっと上の点数だと思った。

でも、カラオケの点数が歌の上手さに直結しているわけじゃないからな。

「……ま、こんなもんでしょ」

芹香はいつもの澄まし顔のまま、当然のように言った。

思わず拍手をしたが、芹香は「そんなに大したことない」と首を横に振る。

「次、ナツの番だよ」

詩に言われて、曲を入れていないことを思い出す。

芹香の歌声に聞き入っていて、次が自分の番だと忘れていた。

「やべっ、考えてなかった。何歌おうかな」

「迷ってるなら、あたしの好きな曲歌ってほしいな～」

「別にいいけど」と答えると、詩は「やたっ！」と嬉しそうに笑う。

歌がデンモクを操作し、すぐにピピッと音が鳴る。大画面に表示された曲名はアレキサンドロスの『city』だった。俺も昔から大好きな曲だ。

まろやかな印象を受けるイントロリフから始まり、ドラムが入った瞬間に曲調が鋭く変化する。曲が安定したと思った瞬間にリードギターがメロディをかき鳴らした。曲名を体現するかのような多彩で深みのあるサウンドがお気に入りの曲だった。

「良いよね。てかMVじゃん最高」

口笛を吹く芹香に、「それ！」と同調する詩。

「あ、あー」と、軽く声を出して慣らし、マイクとの距離や音量を調節する。

——昔から音楽が好きだった。だから、自然と歌うことも好きになった。歌を聞かせるような友達はひとりもいなかったけど、ひとりでカラオケにずっと通い詰めていた。

そのおかげで、採点機能で高得点を取るのは上手くなった。高得点を安定して取るにはいくつかのコツがあった。たとえばアレンジは一切加えず、ただただ音程を合わせ、わざとらしいぐらいの抑揚を要所で利かせながら、ビブラートの数を重ねて加点を狙う。

だけど練習を重ねていくうちに虚しくなった。俺は別に、高い点数が取りたかったわけじゃない。ただ単に、自分が好きな曲を自分が思う通りに歌いたかっただけだ。

その事実を思い出してから平均点は下がっているけど、後悔はない。

むしろ歌は上手くなったと思っている。

前にみんなでカラオケに行った時に、その自信がついた。

きっと点数を追い求める歌い方では、あんなに褒められることはなかったと思う。

褒められるために練習してきたわけじゃないけど、ずっとひとりだったから、みんなの前で歌うのは気持ちが良かった。――だから、いつも通りに歌うことにした。

俺が歌い始めると、「え……？　そんな上手いの？」と美織が目を見張っている。隣の詩はとても楽しそうに肩を揺らしている。そして芹香は――妙に真剣な顔で、俺をじっと見つめていた。流石に、そこまで見つめられると歌いにくいんですけど？

そんな風に思いつつも、何とか歌い終える。

曲が終わり、得点が表示されるまで一瞬の静寂があった。

やがて画面に表示された点数は――九十三点だった。

「あちゃ、芹香に負けたか」

「……ぜんぜん勝った気しないけどね」

芹香は髪の毛をくりくりといじりながら、そんな風に呟く。

珍しくちょっとそわそわした様子の芹香は、俺のことをちらっと見て、それからまた下を向いて、もう一度下から窺うような体勢で俺のことを見た。そして、告げる。

「私、夏希のこと好きかも」

とんでもない爆弾発言だった。詩が絶叫する。

「え、ええええええええええええええええっ⁉」

「間違えた。夏希の歌声、好きかも」

ひどい言い間違いはやめろ！　いや嬉しいけども！

詩があまりにも驚きすぎてソファからずり落ちてるじゃねーか！

美織は美織で地味に空のコップを転がしている。中身あったら大惨事じゃん。そして何事もなかったかのようにコップを元に戻し、こほんと咳払いをする美織だった。

「な、なんだ……よかった……」

詩がほっと息を吐いているが、そんな露骨な反応をされると照れる。自分でも気づいたのか、はっとしたように俺を見て、目が合い、かぁぁあっと顔を赤くした。

「もっと聞きたい、夏希の歌」

「それは全然いいけども。せっかくのカラオケだし」

「私が送った『元気が出るプレイリスト』聞いた？　あれ歌って」

「三十曲ぐらいあったぞ？」

芹香とそんな会話をしていたが、よく考えると点数勝負の途中だったことを思い出す。

「悪い、そういえば美織の番だったな」

「ん、そうだね。はい美織、マイクあげる。歌っていいよ」

マイクを手渡された美織は、何やら恨めしそうな表情で俺たちを睨んでいる。

「こ、こいつら……私が勝てるわけないと分かって……」

「あははっ、だからあたしは止めたのに。勝負を持ちかけたのはミオリンだからね？」

「分かってるよ！　もう！　正論禁止！　奢ればいいんでしょ⁉」

美織は半ばヤケクソ気味にバラードを歌い始めた。なんで失恋ソング？

そして八十七点を出した美織が無事に敗北し、そこからは普通のカラオケになる。

芹香や詩と一緒にロックを歌ったり、懐メロをみんなで大合唱したり、曲の間奏で芹香がエアギターをしたり、詩がノリノリで踊ったり、とても楽しい時間だった。

フリータイムでみんなが満足するまで歌っていたので、カラオケを出る頃にはすっかり夜になっていた。不貞腐れている美織の隣で、芹香が満足気にアイスを食べている。

「あたし声嗄れちゃったー」

一番元気に歌っていた詩が、がらがらの声で嘆いている。

そりゃあんだけ全力で歌っていればな。まあ一日経てば治るだろう。

「……楽しかったね、ナツ」

「ああ、楽しかった」

素直にそう答えると、詩はかすれた声で続けた。

「……なんか、ナツと遊んだの久しぶりだな」

背筋が凍るような感覚があった。確かに、詩と遊ぶのは久しぶりだった。夏休みに誕生日を祝われたのが最後で、その理由は当然、俺が二人きりになるのを避けていたからだ。

意図した俺の立ち回りに、詩が気づいていないはずもない。

秋の始まりを感じさせる夜風が肌寒かった。シャツ一枚では少し心もとない。日も短くなり、暗くなった視界の中、木立から散った葉が俺たちの間を通り抜けていく。

「……もし、あたしの気持ちがナツの邪魔になってるなら、言ってね？」

消えゆくような声は、いつも元気な詩のものとは思えなかった。

そんなことは一度たりとも思ったことはなかった。

「振り向かせてみせるって言ったけど、ナツの幸せを邪魔したいわけじゃないんだ」

「……俺はいつも詩に元気をもらってるよ。本当だ」

横に首を振りながら言うと、詩は淡い微笑みを浮かべた。

その表情に宿る感情を見通すことはできなかった。

「……ごめん。ちょっとだけ、落ち込んでるのかも。あはは、らしくないよね」

俺が何か言葉を放つ前に、詩は前を歩く美織の背に抱き着いた。

「ミオリン！　いつまで不貞腐れてるんだいっ！」

「あいたっ！　ちょ、詩!?　いきなり抱き着くの禁止！」

「あははっ！　体びくっとした！」

美織が驚きながら文句を言った時にはもう、詩はいつも通りの笑顔だった。

……何か、言うべきことがある気がした。でも、何も言えなかった。決断を先送りにするような俺の立ち回りが、詩を傷つけている。俺の認識が甘かったせいだ。

あの悲し気な淡い微笑は、俺が好きになった太陽のような笑顔とはかけ離れていた。

しかし、一つだけ確かなことがある。

——佐倉詩にあの表情を浮かべさせたのは、紛れもなく俺だった。

じゃれ合う詩と美織を見ながら立ち尽くしていると、芹香に背中を押される。

「ほら、行くよ」

「あ、ああ……悪い」

「……詩は、きっと不安なんだよ。夏休み中、夏希が陽花里ちゃんと仲良くなっていくところを傍で見ているから。もう、チャンスはないんじゃないかって」

芹香は俺たちの話を聞いていたのだろう。自分にチャンスはないんじゃないかって」かなり小声で会話していたはずなのに。

「……人に好かれるって、難しいよね」

今は芹香に言葉を返す気には、なれなかった。

＊

美織と二人、電車に乗る。

地元が同じである以上、みんなと別れた後は結局この二人になる。

ガタゴトと古い電車が揺れ、群馬のさらなる田舎へと俺たちを運んでいく。同じ車両に乗っているのは眠りこけている酔っ払いと、和やかな雰囲気の老夫婦だけだった。

窓の外は真っ暗闇で、目を凝らすと田んぼや林の景色が流れていく。たまに点在する家の光だけが文明を感じさせた。ぼんやり窓を眺めていると、頭をこつんと叩かれる。

「なーに落ち込んでるの？」

先ほど詩や芹香と別れる時はどうにかいつも通りを取り繕ったが、美織の前でそうする気にはなれない。今ここにいてくれるのが美織でよかった。他の人だったら俺はきっと苦しかった。仮面を捨てたつもりでも、安心して弱音を晒せるのは美織だけだから。

「……俺は、どうすればいい？」

俺はいつも考えが足りない。だから、いつも間違える。

「何の話か知らないけど、私ができるのはアドバイスだけだよ。決めるのはあなた」

それは美織に縋ろうとした俺を、突き放すような言葉だった。

「……悪い、そうだよな」

冷たいとは思わない。美織のそういうところが好きだった。

黙り込む俺に、美織はいつも通りの雑談を振ってくる。

「それにしても、あなたがあんなに歌上手いなんてね。詩から聞いてはいたけど、流石にびっくりしたな。昔は、そんな素振り全然なかったのに」

「……友達ができなかったから、ヒトカラが趣味だったんだよ」

嘘は言っていない。それが中学時代の話か、未来の話かという違いでしかない。

「本当に、知らないことばかりだ。あなたのことは、よく知っているつもりだったのに」

美織はぽつりと零すように、そんな呟きをした。

その表情は、どこか寂し気にも、悲し気にも見えた。

……美織は昔の俺を知る唯一の存在だ。今の俺にその感想を抱くのは当然だろう。

「まあ中学時代は、ほとんど関わりがなかったからな」

そう答えながらも、少しだけ怖くなった。

美織はもしかすると今の俺に、違和感を抱いているのかもしれない。

とはいえ、タイムリープなんて荒唐無稽な発想には辿り着かないとは思うけど。

「うん。だから、もっと教えてよ。今のあなたのこと。何に思い悩んでいるのかも」

それは警戒した俺に、寄り添ってくれる言葉だった。

「……お前なら、だいたい分かってるとは思うけど。俺は今――」

だから今の気持ちを、美織に話すことにした。

これまで、あらゆることを美織に相談してきた俺だが、最近はあまり積極的に話すことはなかった。それは多分、星宮も詩も好きだという不誠実な自分の気持ちを、人に話したくはなかったからだと思う。そんな気持ちが許されるはずもないから。

今まで俺は最高の青春を目指して能動的に動いてきた。

やることは明確だった。友達になりたい連中と、好きな女の子がいた。楽しくて居心地の良い友達グループを形成して、好きな女の子を恋人にするための努力をした。

その日々が充実していて楽しかった。

もちろん今も、楽しい日々を過ごしてはいる。

しかし自分の気持ちが分からなくなってから、俺は常に迷っている。

星宮も、詩も、俺のことを好いてくれている。本当に嬉しいことだ。俺なんかを好きになってくれるなんて、これ以上ない幸せだ。しかし、今まで生きてきた人生で女の子に好かれるなんて初めての経験で、どうするのが正解なのか俺には分からなかった。

俺が探しているものは何だ？

俺はいったい誰のことが好きなんだ？

どうすれば何も失わずに、欲しいものを得ることができるんだ？

すべてを語り終えた俺に、美織はそっと頷いてから――にやっと笑った。

「モテるんだね、夏希。自慢かな？」

「……そう思われそうだから、お前にしか話せないんだよ」

ため息をつくと、美織は「ごめんごめん」と言いながら頭を撫でてきた。やめろ。

「そこまで思い悩んで、誠実であろうとするのはあなたらしいとは思うけど」

ふふっ、と微笑しながら美織は言う。

「なんとなく、だけど。あなたは多分……怖いんでしょう？」

その通りだった。ずっと俺は何かを怖れている。でも、それが何か分からないままだ。

地元の無人駅で降りて、二人並んで夜道を歩く。

ひゅぅ、と吹いた風が足元の落ち葉を掃いていった。

「ふらふらしてると、二人の気持ちが離れていっちゃうかもよ？」

「そう、だよな……」

そもそも、あの二人に好かれている現状が奇跡なのだ。

むしろ、そうなるのが自然だろう。というか、俺なんかのどこが好きなんだ？

自分を変える努力はした。人に好かれる自分になりたいと思った。でも結局、俺は俺のことを好きにはなれなくて、いくら頑張っても欠点ばかりが目についた。

あんなに可愛い二人が、あえて俺を選ぶ理由が思い当たらない。

「ま、その時は私が失恋の傷ぐらいは癒してあげるよ」

腐っても幼馴染だからね、と心配してくれる美織が、今は俺の救いだった。

「……そういうお前は？　怜太に告白するんだろ？」

少しだけ気が楽になり、ふと気になったことを問い返す。

夏休み最終日のことを思い出したのだ。迷う俺に対して、美織は覚悟を決めていた。

「そのつもりだよ？」

美織はふふん、と得意げに鼻を鳴らした。

「てか心配しなくても、明日は怜太くんとデートする予定だから」

「へぇ、順調だな。何をして過ごす予定なんだ？」

「秋服を探しに行くんだ。怜太くんに、服を選んでもらおうと思って」

「女子は服選ぶの好きだよな」

「別に、女子に限った話じゃないよ。あなたがファッションに関心ないだけ」

まあそれはそうだ。怜太はよくファッション誌を読んでるし、私服もお洒落で、最近の流行がどうとかって話もしている。美織の服選びにも喜んで付き合いそうだな。

「それに、怜太くんのセンスなら安心だし、怜太くんが可愛いって言ってくれる服を着たいからね。……あなたに任せたら、壊滅的なファッションになりそうだけど」

「まあ美織なら別にジャージでいいんじゃないか？」

適当に答えたら頬をつねられた。あの、それ結構痛いです……。

「そういや俺も、秋に着られるまともな服買わないとな……」

これまでは美織に選んでもらった服とか、ファッション誌で身につけた付け焼刃の知識をもとに買った服を何とか着回していたが、そろそろ新しく買わないと。

ダサい服ならいくらでも家にあるんだけどな。英語の長文書いてあるやつとか。

「……もう私は選んであげないからね？　自分で何とかしなさい」

揺れる電車の中で、その言葉が妙に重く聞こえる。

怜太のことを考え、あまり俺と一緒にいない方がいいと美織に言ったのは、俺だ。

別に間違った判断だとは思っていない。俺自身も置かれた状況を考えると、美織と二人きりでいるのは好ましくないと思う。だから、何もおかしな話ではないはずだ。

……ただ、心にぽっかりと穴が空いたような気がした。

それだけの話だった。

＊

週明けの月曜日。

何となく憂鬱な気分で授業を聞き流し、放課後になる。

今日はさっさと帰ろうと思っていたところ、担任教師に呼び止められた。

「灰原。暇だろ？　悪いがちょっと手伝ってくれないか」

「帰宅部が暇だと決めつけないでください……。別にいいですけど」

「はっは、すまんすまん。これを倉庫まで運びたいんだ」

担任教師が指差したのは、そこそこ重そうな二個の段ボール箱だった。

「何ですか、これ？」

「教材だよ。夏休みの補習で使ったやつだ。当分はいらないからしまっておく」

ああ、期末テストで赤点を取った人たちの補習か。

詩や竜也はギリギリ逃れたが、数人は赤点がいたらしい。

仕方がないので担任教師と俺で一個ずつ手分けをして運んでいく。

倉庫があるのは確か校舎二階の端の方。音楽室の付近だ。教室からは少し遠いが、まあ疲れるほどじゃないと思っていたら、担任教師はひぃひぃと息を荒くしていたが。

「は、灰原は体力があるなぁ」

「筋トレとランニングが趣味なんですよ」

二階への階段を上っていく。

音楽室の前を通りがかったところで、一つ先の教室から物音が聞こえてくる。

「第二音楽室だな。最近は軽音部が使っている」

「あれ？　軽音部って部室ありますよね？」

「部室だけじゃ一組しか練習できないとか、そういう話だった気がするぞ」

へぇ、と相槌を打ちながら、その第二音楽室の前を歩く。

聞こえてくるのはエレキギターの音色だった。聞き覚えのあるリフが響いている。

――メタリカ『Master of Puppets』のイントロ。重い低音が小刻みに鳴り、メロディを形成していく。正確なリズム。音の強弱が明確な弾き方。圧倒的な音圧。聞いていて体に震えが走るような重厚さのあるリフだった。この難しい曲を弾きこなしている。

「音楽のことはよく分からないが、なんかすごいなぁ」

思わず足が止まり、音源の部屋に視線が向く。

かっこいい。こんな風にギターを弾ける高校生がいるのか。

「うん？　どうした灰原？」

衝動に突き動かされ、段ボール箱を地面に置き、第二音楽室の扉を開く。

そこにいたのはギターを構える芹香だった。しばらく扉が開いたことにも気づかず鬼のようなダウンピッキングを続けていた芹香は、ふと顔を上げた瞬間に目を見張る。

「……あれ？　夏希？　どしたの？」

言葉と共に、音が鳴り止む。そこで俺もようやく正気に戻った。

「いや、すげえ上手い演奏だなと思って、つい」

何やってんだ俺は。いくら気になったからって、部屋の扉を勝手に開けるなんて。

「そうなの？　嬉しいけどね」

芹香は微笑んで、じゃらんと開放弦を鳴らす。

その手が掴んでいるのは、黒光りするギブソン・エクスプローラー。

芹香の様子を眺めている俺に、担任教師が声をかけてくる。

「おーい灰原。これ片付けてからにしてくれ」

ちょっと困ったように笑う担任教師に「すみません」と頭を下げる。

なぜか、頭が上手く働かない。

第二音楽室の先にある倉庫に段ボール箱を仕舞っている間も、芹香が弾くギターの音色が聞こえていた。どれだけ練習すれば、こんな音色を出せるのだろう。

「いやぁ、すまないな。助かったよ」

担任教師が話しかけてくる。とりあえず定型的な返答をした。

「いえ、このぐらいは別に。どうせ帰宅部で暇ですから」

「はは、さっきと言ってることが真逆じゃないか」

腕で汗を拭っている担任教師は、ふと気になったように尋ねてくる。

「灰原は、何か部活に入らない理由はあるのか？」

「……いえ、特には。逆に、入る理由もあんまりないだけで」

とりあえずそう答えると、「なるほどなぁ」と担任教師は何度も頷いていた。

「いや、単なる興味本位だ。ただ、勉強も運動もできるお前が部活に入らないのは、少しもったいないとは思ってる。お前ならきっと、何をやっても結果を出せるよ」

担任教師は「それじゃ、ありがとな」と言い、去っていった。

……随分な高評価だな。

本当に何をやっても結果を出せるなら、苦労はしない。

二周目のアドバンテージのおかげで、周りからは俺という人間が優れているように見えることは分かっているが、それが活きない場面では過ちばかりを繰り返している。

帰り際、再び第二音楽室の前を通りがかり、扉を開いた。

芹香は先ほどまでと変わらず、ひとりでギターの練習を続けていた。

普通の教室の構造に似ている第二音楽室は後方に椅子や机が押し固められていて、前方には芹香が座る椅子と、ギタースタンドとアンプだけが置かれている。

「なんで第二音楽室なんだ?」

「部室だと、他の面子が練習してる」

芹香は一度ギターをスタンドに置いて、鞄からペットボトルを取り出した。

「私はバンド組んでないから、そこに交ざれないんだ」

そういえば篠原くんから芹香の話は聞いていた。

芹香は軽音部の周りの面子と比べて演奏技術のレベルも違うし、いざバンドを組むとモチベが高すぎてついていけないことが理由で、余り者になっているらしい。

さっきの演奏を聞くと納得できる。

明らかに、高校生バンドのレベルじゃない。

「……俺、芹香のギター好きだな」

本心から呟くと、芹香は珍しくきょとんとした様子で俺を見る。

魅入られる、とはあの時のことだ。素直にそう思えるぐらい、かっこよかった。

「芹香のことが好き?」

「俺はそんな言い間違いはしないぞ」

「なーんだ。つまんない。でも、ありがとう」

芹香は素っ気なく目を逸らしながら、ペットボトルに口をつけた。

ごくごくと喉を鳴らして、水を飲む芹香。その首筋には汗が流れていた。相当真剣に練習していたのだろう。バンドが組めていなくても、ひとりで、ずっと。

「なんで芹香はギターを始めたんだ?」

「最初は普通に、かっこいいって思ったからだよ」

……俺も同じだ。というか、きっかけなんて大抵はそんなものだと思う。

「お父さんが元バンドマンで、家にいる時はいつもロックが流れてたんだ。そんな環境で育ったから、自然と家に何本もあるギターを、勝手に弾くようになった」

そう語りながら、ギタースタンドにかけたギターを再度構える。

「最初は難しくて何度も投げ出したけど、少しずつ弾けるようになって、自分の出したい音が出せるようになっていくのが嬉しかったし、面白かった。だから続けられた」

「……俺はその感覚に辿り着く前に、挫折しちゃったな」

いくら練習しても、自分が思う通りの音が出せなかった。

憧れたギタリストのように指を上手く動かせなかった。

理想とかけ離れた現実に苛立ってしまう。

何より、もっと楽しい趣味なんていくらでもあった。

だから気づけば、せっかく買ったギターは部屋の置物になっていた。

「弾いてみる？」

芹香はギターを手渡してくる。

「大事なものだろ？」

「夏希は、適当に扱うような人じゃないから。はい」

そう言いながら、芹香は強引にギターストラップを俺の首にかける。

右足を組み、ギター本体を安定させ、左手で弦を触り、右手にピックを持つ。久しぶりの感覚だったけど、思っていたよりも馴染みがあった。右手をストロークする。

じゃらん、と開放弦が鳴る。気持ちの良い音色だった。俺が持っていたストラトよりも何というか低音が太く重い気がする。音作りも上手い。俺には真似できない。

順にコードを確認していく。

「F、できてないよ。人差し指が甘い」

「やかましい。こちとら久しぶりなんだぞ。そんなに指動かないって」

にやにやしながら芹香が言ってきたので、しかめ面で反論する。

そもそもバレーコードなんて、弾いていた時ですら怪しかったのはさておいて。

「でも、弾けるじゃん」

「簡単なやつなら、何とかな」

今でも体が覚えているリフを弾く。六弦の一フレットと五弦の三フレットから。

ニルヴァーナの『Smells Like Teen Spirit』。ギターを手にして最初に練習した曲だ。

簡単なパワーコードで構成されているのに異常にかっこいい。コードをかき鳴らしていると芹香が歌を口ずさんでくれる。ちょっとしたライブみたいで楽しかった。

「楽しいな」

そう伝えると、芹香も珍しく表情を崩した。

「私も、楽しい」

普通に見惚れるぐらい可愛かった。

俺の視線に気づいたのか、こほんと咳払いする芹香。

「芹香がそんな風に笑うところ、初めて見たな」

「……音楽の話だと、楽しくなっちゃうだけ」

芹香はちょっと顔を赤くして、自分の髪を触る。

いつの間にか空が暗くなっていた。

それに気づかないぐらい、俺と芹香は夢中で遊んでいた。

「昔から、よく分からない子って言われてた」

ギターをケースにしまい、帰宅準備を始めている芹香がふと呟いた。

「表情とか声色とか、あんまり変わらないし、自分が変な子だって分かってた」

確かに、芹香にはそういうところがある。何を考えているのか掴みづらい。表情や声色が変わるのは、音楽の話をしている時ぐらいだ。その時すら大きな変化じゃない。

どう反応するべきか迷って、俺はそのまま黙っていた。

芹香も「そんなことないよ」とか、そんな言葉が聞きたいわけじゃないだろう。

「自分の感情を表現するのが苦手だった」

単なる事実を確認するように、芹香は淡々と語る。

「でも、みんなに知ってもらいたかった。私の気持ちを。私の感情を。よく分からないなんて言われたくなかった。ギターの音色だけが、『私』を伝える手段だった」

――音楽なら、私の感情をみんなに届けられる気がする。

いつか大きなステージに立って、私の音楽を、たくさんの人に伝えたい。

だから続けるんだ、と芹香は語る。

夢を追うように空を仰ぐ横顔が眩しかった。

「今はひとりでも、いつかすごいバンド組んで、私は自分で作った曲を弾く」

「東京ドームとか？」

「うん。夏希には直接チケット送るよ」

「そりゃ助かる。人気バンドのチケットは神に祈るしかないからな」

あの演奏を聞いて、俺は芹香のファンになった。

芹香の演奏をもっと聞きたい。ステージに立っているところを見たいと思う。

「叶うといいな、芹香の夢」

「……ねえ、夏希」

芹香が何か言おうとしていたタイミングで、第二音楽室の扉が開く。

そこにいたのは岩のような印象を受ける強面の大男だった。俺よりも背が高く、がっちりした体格。喧嘩でもしたら一瞬で殺されそうだな。相当な威圧感がある。

「本堂か」

大男は端的に言う。野太い声音だった。

「岩野先輩、何か用ですか？」

「いや……練習をしているのかと思って開いたが、彼氏と一緒だったか。邪魔したな」

芹香に岩野先輩と呼ばれた人物はそう言って背を向け、扉を閉める。

急に現れたかと思えば一瞬で去っていったな。

「先輩って呼んでたし、上級生だよな。軽音の人なの？」

「うん。岩野健吾先輩。二年生。ドラムが上手いんだ。みんなから怖がられてるけど」

まあ怖がられるだろうなぁ……。俺も普通に腰が引けてたし。

「……というか、訂正しなくてよかったのか？」

尋ねると、芹香は小首を傾げる。

「何の話？」

「いや、彼氏とイチャついてたって勘違いされてたけど」

「…………まあ、別に私は困らないから」

「俺が困るんですけど。一応、現状の立場的に」

「岩野先輩は周りに広めるような性格じゃないから大丈夫」

それは確かに見た目だけで納得できるけども。

「……そういえばさっき、何か言いかけてなかったか？」

俺の問いかけに芹香は少し考える素振りを見せてから、首を横に振った。

「ん。ちょっと、よく考える」

「どういうこと？」

「夏希は気にしなくていい。首を洗って待ってて」

「なぜ首を洗う必要が⁉」

「間違（まちが）えた。首を長くして待ってて」

「それはそれで、普通に気になるんだけど……」

「まだ内緒（ないしょ）」

芹香は口元に指を立てて、話題を切り替（か）える。

「今年のロッキン、行ったんだよね」

「マジ？　いいなぁ俺、最近ライブ行ってないや」

「やっぱりフェスは良いよ。いろんな人種が入り乱れるカオス感が好き。今年は特に演出も派手だったし、最高だった。三日目は最後に花火が上がったりもして――」

駅までの帰り道はずっと音楽の話をしていた。

音楽が好きだ。特に、ロックが好きだ。

灰色の青春を過ごしていた俺に、明日を生きる勇気をくれたから。

＊

翌日の昼休みのことだった。

廊下で竜也や怜太と雑談をしていたところ、芹香に声を掛けられる。

「夏希、ちょっといい？」

「芹香。どうした？」

首を傾げると、なんか二人で話したいオーラを出している芹香。

「じゃあ夏希、僕らは教室戻ってるから」

空気を読んだ怜太が竜也を連れてこの場を離れ、芹香と廊下に取り残される。

何の用だろう？

わざわざ芹香が前置きするなんて珍しいな。

などと考えていたら、いつも通りの真顔で芹香は淡々と尋ねてくる。

「私と一緒に、バンドやらない？」

何を言うかと思えば、あまりにも唐突な言葉だった。

「は、はい……？」

俺が？　バンド……？　なんで急に？

昨日はギターで一緒に遊んだが、逆に言えばそれだけだ。

聞き間違いかと思った。しかし芹香は、真っ直ぐに俺を見て宣言する。

「――本気だよ。私たちの音楽で、この世界を変えよう」

普通に混乱しすぎて言葉が出てこない。

俺たちが、音楽で、この世界を変える……？

いや確かに音楽は好きだし、バンドをやりたいと思っていた時期もあった。

でも、いくら何でも唐突すぎる。芹香はいつも突飛な言動が目立つが、今回は特に脈絡がない。本気だと言っている通り、冗談を口にしている雰囲気でもなかった。

「なんで、俺なんだ？」

「夏希と、一緒にやりたいって思った」

「なんで、一緒にやりたいと？」

「理由はまあ……そりゃ、いろいろあるよ」

芹香は髪の毛先をくりくりといじりながら、一呼吸置いた。

「カラオケでも言ったけど、夏希の歌声が好き。君に、私の曲を歌ってほしい」

「俺が、ボーカルってことか？　芹香の方が点数高かったのに」

「点数だけは、ね。私はただ、カラオケが上手いだけ。夏希とは違う」

俺だって同じだ。ずっとヒトカラに通って、カラオケが上手くなっただけだ。

自分の歌が上手いなんて思うほど、自惚れてはいない。

「……俺は芹香の歌、好きだぞ」

「私じゃ駄目なの。私の声じゃみんなの心に届かない。だから夏希、君が歌って」

芹香が本気で言っていることは分かる。褒められたことは嬉しかった。

差し出された手を思わず掴みそうになる。だけど踏みとどまり、首を横に振った。

「……いや、俺には無理だよ」

「どうして？」

「どうしてって……」

「何か、やりたくない理由がある？」

「……いや、バイトもしてるし、勉強もあるし、二学期から部活ってのも、ちょっと」

そこまで言ってから気づいた。

俺は今、断る理由を探している。

なぜだ？　なぜ俺は断る理由を探した？

頑張って探さないと、見つからなかったからだろう。

本当は何もないはずだ。だって俺はバンドを組みたかった。信頼できる仲間と一緒に音楽をやりたかった。俺がギターをやめた理由は、いくら頑張ってもバンドを組む仲間がいなかったからだ。今そのチャンスが来たのに、なんで俺は断ろうとしている？

動揺している俺に、芹香は畳みかけるように続ける。

「それだけじゃ、ないよ。夏希なら信じられると思ったんだ。私が本気で頑張っても、夏希は一緒についてきてくれる気がした。音楽の趣味も、音楽に対する気持ちも、きっと私たちは似ている。分かってるよ、私。夏希、本当は音楽をやりたいんでしょ？」

芹香の言う通りだった。

だから俺は多分、怖気づいているだけだ。

ただ、バンドを組めば知らない人と関わらないといけないとか、芹香の腕に対してつりあっていないとか、自分の歌に自信がないとか、そんな不安に支配されている。

断るのは簡単で、楽な道だ。でも、それでいいのか？

芹香の誘いを断って、最高の青春を目指していることになるのか？

後悔しない青春を送ると誓ったんじゃなかったのか？

「やろうよ、夏希。私は、夏希と一緒が良い」

芹香はそう言って、手を差し伸べる。その指先に練習の跡が見えた。

脳裏に過ったのは昨日見た光景。

第二音楽室でギターを弾いている芹香の姿。

その音色に魅入られた。かっこいいと思った。純粋に、憧れた。

『後悔のないように、ね』

最近はずっと自分の気持ちが分からなかった。でも、今だけは分かる。

「ありがとな、誘ってくれて」


——俺は芹香と、一緒に音楽をやりたい。


自分の気持ちに素直になろうと、そう思った。

「芹香さえよければ……やってみても、いいか？」

「もちろん。大歓迎。嬉しいな。とっても」

差し出された芹香の手を取る。そのタイミングで、授業開始の鐘が鳴った。

「じゃあ、詳細はまた後で」

表情こそ変わらないが、芹香は本当に嬉しそうだった。

ぱたぱたと教室に戻る芹香の背中を眺め、俺も自分の教室に戻ろうとする。

そのタイミングで、ちくちくと突き刺さる視線に気づいた。

周りを見回すと、なんかめちゃくちゃいろんな人に見られていた。

「な、何だ……？」

困惑していると、隣のクラスの女の子たちが近づいてきた。

「あの、灰原くん！　おめでとう！」

「は、はい……？」

「芹香ちゃんのこと、大事にしてあげてね！」

「え？　あ、ああ……」

女の子たちはきゃあきゃあ言いながら教室に戻っていく。

い、いったい何なんだ……？

そりゃバンド仲間になったわけだし、大事にするつもりだけど。

……そこで、俺はようやく客観的に状況を把握する。

「もしかして、面倒なことになったか……？」

その日。芹香が俺に告白して、俺が受け入れたという噂が学年中に広まった。

＊

「――で、夏希。あの噂ってマジなの？」

放課後。ホームルームも終わり、みんなが部活に行くまでの時間。

怜太と竜也が俺の席に近づいてきて、小さい声でそんな問いを投げかけてきた。

「たった数時間の間にどんだけ広まってるんだよ……」

この面子でいると注目を集めがちではあるが、今日はいつも以上の視線を感じる。

「というかデマに決まってるだろ。なんでお前らまで信じるんだよ」

「いやぁ、『夏希と一緒が良い』って芹香が言ってたって熱弁してる人がいたから……」

それは……確かにそう！

廊下でする話じゃなかったな……。

「実際、お前らが昼休みに話してたのは俺らも分かってるからなぁ」

口々に言う竜也と怜太。

七瀬と星宮と詩も近づいてきた。

いつもの六人のはずなのに、なぜか女性陣から謎の威圧感を感じる。

詩も星宮も、普通の表情だった。笑っても怒ってもいない。感情が見通せない。

「デマ、でいいのよね？」

七瀬の確認に、「もちろん」と頷く。

「本当なわけないだろ」

「どうかなぁ。ねぇ、詩ちゃん」

「ナツとセリー、知り合ったばかりだけど、なんか通じ合ってるからねー」

そう言って頷き合う星宮と詩。どういう感情の会話なの？　怖いんですけど。

まあ、とにかく事情を説明すれば納得してもらえるだろう。

口を開こうとした時、教室がざわついた。

みんなの視線の先は教室の入り口だ。そこには噂の原因がきょろきょろしている。

芹香はみんなに囲まれている俺を見つけると、手を小さく振ってくる。

「――あ、夏希。行こ」

そんな芹香の様子を見て、みんなの視線が俺に集まる。

「ナツ？」

「夏希くん？」

「灰原くん……？」

何だろうこの冷や汗は……？　俺は何も悪いことをしていないのに……。

芹香は動かない俺を見て首をひねり、こっちに近づいてくる。

「どしたの、みんな。そんなに集まって」

「……セリーこそ、なんでナツを呼びに来たの？」

「それは、今日から私の仲間だから」

「……仲間？」と、詩だけじゃなく、みんなも不思議そうに目を瞬かせる。

なかなかカオスな状況だが、芹香が来てくれると説明はしやすい。

「芹香と一緒にバンドやることになったんだよ」

俺は昨日の放課後から昼休みに至るまでの出来事をみんなにざっと話した。

「そういうことだったのか。何だ、びっくりしたよ」

さほど驚いてはいないような表情で、怜太は言う。

「まあ、芹香ちゃんが紛らわしい言い方をするのはいつものことだよね……」

星宮は胸元に手を当てて、そっと息を吐いた。

「それはそれとして、随分と急な話ね。そんな話、聞いたことないけれど？」

何だか七瀬は不満そうな表情をしている。

「バンドかぁ！　いいじゃん！　そういうことだったんだ！　ナツが歌うの⁉」

詩はぱっと目を輝かせて、元気な声で問いかけてきた。

「そう、ボーカル。ギターも弾く。私がリードで、夏希はバッキング」

そして俺の役割を勝手に決めている芹香。いや、そうだろうとは思ったけどね。

ロックバンドにおいて、ギターが二パートある楽曲は役割を分ける。基本的に主旋律を弾くリードギターと、伴奏を中心とするリズムギターだ。どちらが難しいとは一概には言えないが、楽曲の主役となるのは間違いなくリードギターだろう。

「つーことは、軽音部に入るのか？」

ふと気づいたような竜也の問いかけを受け、芹香に視線をやる。

「入部とかは後で考えようよ。とりあえずバンドメンバー探したいから」

まあ確かに、芹香の言う通りだな。

そもそも今の軽音部はバンドが二組できていて、残っている人は少ないと聞く。軽音部でメンバーを探すよりも、他を当たった方がいいかもしれないな。

「バンドメンバー決まってないんだ？」

「うん。私は、夏希と一緒にやりたかっただけだから」

怜太の問いかけに、芹香はこくりと頷く。

ひゅう、と竜也が口笛を吹いた。口元がちょっと歪んでいる。

芹香が不思議そうに小首を傾げると、竜也は「いや別に」と肩をすくめた。

「そういえば夏希くん、旅行の時にギター弾けるって話してたもんね」

「弾けるって言えるほど弾けないよ。でも、そこはこれから練習しようと思って」

「いいじゃねえか、楽しそうで。頑張れよ、夏希」

竜也はししし、と笑いながら、俺の肩をバシバシと叩いてきた。

「二人でライブとかするならあたしも呼んでよ！　絶対に聞きに行くからね！」

「気が早いって。まだ何も決まってないから」

すでにウキウキしている詩を宥めていると、怜太が話をまとめる。

「ま、とにかくそういうことなら、噂は僕が静めておくよ」

流石は怜太だ。頼りになる。噂ってそんな簡単に静められるものなの？　という気持ちはありつつ、でも怜太なら何とかするんだろうなぁ……とも思えてしまう。

「そろそろ部活が始まるからね。詳しい話は、また明日頼むよ」

怜太の一声でその場は解散し、みんなそれぞれの部活へと散っていった。

「さて……今日からどうする？」

いつものルーティンが崩れ、不安が渦巻く中に期待もある。

なぜか、いつもより景色が輝いて見えた。

「とりあえず、作戦会議だね」

心なしか嬉しそうな芹香と共に、第二音楽室へと向かう。

軽音部の部室は件のバンド二組に占拠されているので、芹香は基本的に第二音楽室を拠点としているらしい。なお、隣の音楽室は吹奏楽部が使用しているようだ。ほぼ普通の教室と同じ構造の第二音楽室と違い、音楽室は防音性の高いホールのような構造で、吹奏楽部の演奏はほとんど聞こえてこない。本当は軽音部もあそこを使いたいだろうな。

「私たちには、まず越えないといけない課題がある」

「バンドメンバー探し、だろ？　やりたい楽曲にもよるけど」

芹香の趣味からして、ゴリゴリのロックをやりたいのだろう。

芹香はリードギター担当で、俺もボーカル兼リズムギターをやるらしい。

そうなると、一般的には——。

「ベースと、ドラムか」

バンドの心臓。リズム隊とも呼ばれている。

点でリズムを作るドラムに対して、ベースは線でリズムを維持するイメージ。楽曲の重低音を担うベースと、テンポをキープするドラム。どちらも楽曲に於いて重要な役割を果たす。やはりこの二種類の楽器がないと、何というかグルーヴ感が違う。

「まあ俺が一からベース練習するって手もなくはないけど」

ドラムは流石にボーカルとの両立が難しそうだけど、ベースボーカルのバンドならいくつも知っている。そもそもボーカルとの両立が俺にできるかどうかはさておいて。

「そういうのは見つからなかった時にまた考えよ。夏希もギターが好きなんでしょ？」

……まあ俺が唯一買った楽器だからな。ロックバンドのライブを見ている時、いつも目を惹かれるのはギタリストだった。エレキギターの音色が気に入っている。

「私はまあベースも弾けるけど、やっぱりギターが好きだし」

さらっと言う芹香。あれだけギター上手いくせにベースも弾けるのかよ。似ているように見えて全然違う技術を要求されるはずなのに。やっぱり、芹香は流石だな。

「それで、具体的に何か案はあるのか？」

「軽音に、一緒にやりたいと思ってる人はいるんだ」

「誰なんだ？　……って聞いても、俺の知らない人だよな」

「ううん、昨日見たよ。二年の岩野先輩。あの人、すっごいドラム叩くから」

岩野先輩って、あの大男か。威圧感のある人だったなぁ……。

正直あまり気は進まないというか、ぶっちゃけ怖い。絡みやすいとは思えない。

でも、芹香がそこまで言うドラムには興味がある。

「問題は、もう断られてる」

「駄目じゃん」

「でも、もう一回誘ってみる。夏希もいるし、行ける気がする」

「俺がいても何も変わらないぞ……」

「大丈夫。物は試し。勇気だけが世界を変える」

芹香はそう言って親指を立てる。

「私は岩野先輩を説得する。だから夏希は、ベースを探して」

「ベースの心当たりはないのかよ？」

「もうバンド組んじゃってる人しか知らない。借りてもいいんだけど、ガチで練習したいと思ってるし、私たちだけのバンドが良い。やる気のある人が欲しい」

なかなか難しい要求だな。そもそも俺は友達が多い方じゃない。一周目よりは圧倒的に多いけど、芹香に比べたら交友関係は狭いだろう。心当たりがない。

やる気があって、ちょうどフリーで、俺たちと組んでくれるベーシスト。

「おいおい、そんな狭い条件で都合よく見つかるはずが……」

……うん？　いや、待てよ。

バイト先の新人……篠原くんだったか。確か、軽音部だって言ってたよな？

『いいじゃん、軽音。何の楽器やってるの？』

『ベース、ですね。あんまり上手くはないですけど……あ、ベースって分かります？』

——い、いたーっ！　都合の良い余り者ベーシストが！

やる気はあるけど、友達がいないせいでバンドが組めないという話だった。

今の俺たちにうってつけの人材じゃないか。篠原くん、君がぼっちで良かった……。

「い、いやいや落ち着け。芹香が誘わない以上、何かわけが……」

「何ぼそぼそ言ってるの？」

「芹香。軽音部に篠原くんっているだろ？」

同じ軽音部の一年生で、ベーシストで、しかもバンドを組めずに余っているのに、なんで候補に上がらないんだ？　と続けようとした瞬間、芹香が眉をひそめた。

「…………誰？　それ」

悲しいことに、篠原くんはそもそも存在を認識されていないようだ。

芹香に篠原くんのことを話すと、とても驚いていた。

「そういえば名前も知らない人がたまに部室にいたような……？」

「それ、絶対本人には言わない方がいいぞ」

俺までダメージを受ける。過去の記憶が脳裏を過るので……。

何にせよ、俺が次のバイトで一緒になった時、誘ってみる方向になった。

「私が岩野先輩で、夏希は篠原くんね」

とりあえずバンドメンバーについては方針が固まった。後はもう出たとこ勝負か。

「それじゃ、今日はこんなとこかな。早くメンバーが揃(そろ)うといいね」

「あ、ちょっと待ってくれ芹香」

芹香と拳(こぶし)をぶつけ合い、その日は解散……となる流れの直前で俺は言った。

「――ギター選ぶの手伝ってくれ」

そう、俺がギターを練習していたのは大学時代の話。

愛用していたストラトキャスターを買ったのは、大学一年生の秋だ。

つまり今の俺はギターを持っていない。周辺機器も含(ふく)めて揃える必要があった。

＊

「ここ、よく来るんだよね」

芹香に案内されたのは学校から一駅先にある高崎の楽器屋だった。

木製の古びた扉(とびら)を開いて中に入ると、雑多な雰囲気(ふんいき)だ。ただでさえ手狭(てぜま)なスペースに楽器が並び、ごちゃっとしている。店内ＢＧＭにはジャズが流れていた。

芹香はバンドマンっぽい雰囲気の陽キャ集団の間を迷わず通り抜(ぬ)け、エレキギターが並んでいるエリアに向かう。俺もおそるおそるついていった。楽器屋、怖いよう……。

「どういうのがほしいの？」

「前に持ってたのはフェンダーのストラトだった」

「いいじゃん、ストラト。やっぱ見た目がまずかっこいいの大事」

エレキギターの定番と言えば、ストラトキャスターやテレキャスター、レスポールとかその辺りだろう。他にもジャガーだのジャズマスターだのいろいろあるが、正直ギターそのものには詳しくないのでよく分からない。というか別に、種類ごとの音の違いもあんまり俺には分からん。前のストラトは好きなギタリストの影響を受けただけだし。

「見た目にビビッと来たやつ、試奏すればいいんじゃない？　これとかどう？」

芹香は近くにあった赤いギターを手に取り、店員に声をかけ試奏の許可を取る。

弦の手触りやボディの形状を確かめた後、ノリノリでリフを弾き始めた。

「夏希も弾いてみる？」

芹香に手渡されたギターを持ってみる。

結構収まりが良い。軽く弾いてみる。

悪くない……とは思うが、ちょっとネックを握った時の感覚が微妙か？

心なしか音も軽い気がしないでもない。

俺が首をひねっていると芹香がまた別のギターを渡してきたが、それもまた何とも言えない感覚だった。別に、大してこだわりとかないんだけどな……。

「夏希はギタリストの素質があるね」

芹香からなぜか褒められている気がしない言葉をもらいつつ、ギター選びを続ける。

「やっぱストラトかなぁ。後は値段がなぁ……」

バイトをしているとはいえ、夏休みの旅行でかなり貯金を使ってしまった。高すぎるギターには手を出せない。かと言って、安すぎるギターは長持ちするのか分からない。

俺の優柔不断(ゆうじゅうふだん)さがここでも発揮されていた。

「うーん……値段はお手頃(てごろ)だけど、これはあんまり夏希向けじゃないかも」

見た目や値段が良い感じだと思っても、芹香の選別を受けてしまうギターもある。

俺にはよく分からないが、おそらく音が微妙だったりするのだろう。

「やっぱり、これにしようかな」

悩(なや)んだ末に選んだのは、結局大学時代と同じフェンダーのストラトだった。

それ以外にも、ギターケースやピック、アンプ、シールド、チューナー等の必要なものを芹香のおすすめに従い、まとめて購入(こうにゅう)した。なかなかの値段になった。

「がっつり買ったね」

「貯金が一気になくなっちゃったよ」

でも後悔はない。お金なんてまた稼げばいいだけだ。

「……本当に良かったの？　ギターまで買って、今更なんだけど」

「いいんだ。俺も本当はバンドやりたかったんだ。だから芹香が誘ってくれてよかった」

この高揚感には覚えがある。バスケを始めたばかりの時と同じ感覚だった。

未知の世界に踏み込むことに、ワクワクしているのだ。

「じゃあ、また明日な」

高崎駅の周辺に住んでいる芹香と、駅の改札前で別れる。

「うん。お互い、頑張ろ」

芹香はいつも通り淡々とした口調で言う。でも、そんな芹香の内心が嬉しさで興奮していることぐらいは、付き合いの浅い俺でもそろそろ分かってきた。

「今の夏希、バンドマンっぽくてかっこいいよ」

去り際にそんな一言があって、振り返ると芹香はもういなかった。

＊

ギターケースを背負って家に帰ると、バラエティを見ながらカップ麺を食べていた波香が割り箸を口にくわえながら、お化けでも見たかのような顔で俺を見てきた。

「な、何それ……？　お兄ちゃん」

「見りゃ分かるだろ。ギターとその他いろいろだよ」

「いや、なんで急に？　お兄ちゃんにギターなんか無理だからやめときなよ」

「人の夢を初手から否定するのやめない？」

お兄ちゃんはそんな子に育てた覚えはありませんよ！

「バンドでもやるの？」

「まあ、一応そのつもり」

「ふーん……あ！　もしかして、涼鳴の文化祭でライブするの⁉」

その発想はなかった。なるほど、文化祭か。

確か涼鳴の文化祭は十月後半にある。二十五日、二十六日だったかな。

野外ステージでは軽音部や有志のバンドによるライブが行われていたはずだ。

俺たちの目標にはうってつけの舞台だが、今から目指すには練習期間がたったの一か月半しかない。メンバーすら見つかっていない俺たちが参加するのは難しいだろう。

「涼鳴の文化祭、行きたいな。お兄ちゃんがライブやるなら見てあげるよ」

「今のところ、その予定はないから期待するな」

波香は「なーんだ」とがっかりしたように呟き、テレビに視線を戻す。

俺は自分の部屋に入り、買ってきた機器類を開封した。

シールドでアンプとギターを繋ぎ、弦を弾く。

ギターのチューニングをしつつ、アンプの音量を調節する。

ここが田舎で良かった。家の庭が広く、周囲の家が離れているおかげであまり近所迷惑を考える必要がない。とはいえ流石に大音量で弾いたら波香がキレるだろうが。

「さて……お、意外と弾けるな」

今でも覚えている好きなフレーズを奏でる。

やっぱりまだ指がいまいち動かない。練習してリハビリするしかないだろう。

そんな感じで、適当に覚えているフレーズで遊んでいた時、スマホから音が鳴った。

手に取ると、RINEで通話をかけてきているのは星宮陽花里だった。

「……もしもし？」

『あ、夏希くん？　こんばんは』

弾むような星宮の声を聞いて、少し幸せな気持ちになった。

『今、何してたの？』

「ギターの練習。バンド組むことになったから」

そう答えながら、軽く弦を鳴らす。じゃん、という音色が響いた。

『わ、ほんとだ。すごいなー。ギター、弾けるんだね』

「まだあんまり弾けないよ。これから、もっと練習しないと」

それに、俺からしたら小説を書ける星宮の方がはるかにすごいと思う。

『あの、夏希くん。わたし、何にも知らなかったんだけど？』

何だかちょっと怒っているような声音だった。

確かに誰にも説明はしていないが、俺も突然誘われて頷いただけなんだよな。

『ロックが好きなのは知ってたけどさ。急にバンド組むって』

「……俺も、自分に驚いてるよ。でも芹香に誘われて、やってみたいと思ったから」

みんなが唐突だと感じるのは当然だ。実際、その通りだと思う。

やっぱり、芹香の演奏を目の当たりにしたのが大きい。

芹香の演奏に、憧れた。俺もこんな風にギターを弾きたいと思ってしまった。

『つまり、急な話だったんだ？』

「ああ。でも元々、バンドやってみたいって気持ちはあったから」

『ふーん……ロックバンドかぁ。わたしはあんまり知らない世界だなぁ』

「星宮は、音楽はあんまり聞かないのか？」

『んー、そうだね。基本的に、小説を読んだり書いたりしてばっかりだから』
こうしている今も、きっと小説の執筆を続けているのだろう。
通話先の星宮の声には、たまにキーボードを叩くような音が交じっている。
「興味があるなら、おすすめの曲とか紹介するよ」
『ほんと？　じゃあ聞いてみようかな』
ロック初心者に薦めるなら、激しすぎる曲はＮＧだろう。
優しめの曲調で、俺の好きな曲……思いつく限りの候補を書き出していく。
ＲＩＮＥのチャットにおすすめの曲まとめを送ると、星宮はさっそく聞いてくれた。
『お、おおー、なんか、ぐわんぐわん言ってる曲だね……？　良い、のかな？』
「無理に褒めようとしなくてもいいぞ。趣味は人それぞれだからな」
俺が好きな曲を星宮も好きとは限らない。別の人間である以上、当然のことだ。
『分かってるけど……でも、好きになりたいよ』
「……どうして？」
そこまでロックに興味を持っているようには見えなかったが。
などと頓珍漢なことを考えていた俺に、星宮は静謐な声音で言葉を続けた。
『夏希くんの好きなものを、わたしも好きになりたいって思うから』

呼吸が止まる。こんな俺に対して、星宮はそんな風に思ってくれるのか。

『だって、その方が嬉しいでしょ？　同じものを見て、同じ喜びを得られるのなら』

「……そうだな。星宮がロックを好きになってくれたら、俺は嬉しいよ」

『わたしはね、夏希くんがわたしの好きな小説を読んでくれて、面白いって言ってくれて嬉しかったよ。感想が共有できて楽しかった。だから、わたしもそう在りたい』

「気持ちは嬉しいけど、無理はしなくていいぞ」

『うん、分かってる。こういうのは本音じゃないと意味ないから』

そう話しながらも、星宮は俺が薦めた曲を聞いてくれているらしい。

『……あ、これ好きかも。フランプールの「星に願いを」って曲』

「いいよね。それが好きなら、この曲もお薦めかな。チャットで送るよ」

しばらくの間、そんな風に他愛のない話をした。

『……ねえ、夏希くんたちは、どんな曲を演奏するの？』

「さあ、まだ分からない。でも芹香のことだから、きっと俺が好きな曲だよ」

本心から答えると、星宮は露骨に拗ねているような声音で呟く。

『……随分、芹香ちゃんのことを信頼してるんだね？　わたし、普通に嫉妬してます』

そ、そんな正直に言われましても……どう反応すればいいんですか？

直球の好意に困っていると、星宮は「でも」と言葉を続けた。

『夏希くんが決めたことなら、わたしは応援するよ』

「……ありがとう。星宮も頑張れ。新作を書き始めてるんだろ？」

『うん。この前夏希くんに見てもらった作品は新人賞に応募して、結果待ちなんだ。その間に次の作品を作ろうと思って。……完成したら、また見てくれる？』

「もちろん。星宮の新作、楽しみにしてるよ」

『あはは、嬉しいな。わたしも夏希くんたちのバンド、楽しみにしてるからね』

「まだメンバーも揃ってないのに、そんなハードル上げないでくれよ？」

『えー、なんか弱気だね夏希くん。そこは任せろって言った方がかっこいいよ？』

「くっ……そうだよな。反省する」

最近増えてきた星宮の本音っぽい言葉が、シンプルに心に突き刺さる。

はい、そうなんです……俺はいつも弱気なんです……。

それに優柔不断だし、慎重というか臆病なだけだし、任せろなんて言えるほどの自信もない。どうしようもない男だ。

俺がずーんと沈んでいると、電話越しにくすりと笑った音がした。

『落ち込んでるんだ？　可愛いなぁ、夏希くんは』

「あんまり嬉しくないなぁ……やっぱり男としてはかっこよくなりたいよ」

というか男に対する可愛いって、どういう感情なの？　もう俺にはよく分からん。

「そろそろギターの練習、再開しようかな」

『わたしもお風呂に入らないと。この辺にしとこっか』

「そうだな。また明日」

『うん。——わたしは小説、夏希くんは音楽。お互い、頑張ろうね！』

そんな風に星宮と頷き合い、通話を終えた。

目指すものは違っても、俺たちは通じ合っている。

スマホをベッドに放り投げて、再びギターを手に取った。

かっこいい人間になりたいな。

せめて、このギターを弾いている時だけでも。

自信満々に、迷いなく君を好きだと言えるような強い人間になりたい。

ただ、そんなことを思った。

＊

翌日。ギターケースを背負って教室に入ると、みんなの視線が集まった。

まあ今まで持っていなかったので目を引くのは分かるけど……正直恥ずかしい。

「似合うじゃん、ナツ」

真っ先に声をかけてくれたのは詩だった。

「そうか？」

「ちゃんとバンドマンっぽいよ」

「バンドマンっぽいってなんか褒められてるように聞こえないんだけど……」

「あはは、偏見だ！」

詩と話しつつ、いったん自分の席に着く。

「ちょっと見てもいい？」

いつの間にか傍にいたのは七瀬だった。七瀬は興味津々な様子で、ギターケースを指差している。俺が頷くと、七瀬はギターを取り出して、しげしげと眺め始めた。

「へぇ、かっこいいわね……灰原くんのセンス？」

「まあ芹香のアドバイスは貰ったけど、最終的に決めたのは俺だな」

「あたし、ナツがギター弾いてるところ見てみたいな！」

「別にいいけど、流石にここで弾くわけにはいかないだろ。また今度な」

苦笑しながら言うと、「むぅ……確かに」と、詩は不満そうに頬を膨らませた。

「みんな、おはよう」

そのタイミングで、教室に入ってきたのは星宮だった。

いつも通りにきらきら輝く笑顔を振りまき、みんなに挨拶をしている。

教室を華やかな空気で満たしつつ、星宮は近づいてきた。席が俺の隣だからな。

「……おはよ、ヒカリン」

「……うん。おはよう、詩ちゃん」

なぜか、二人は妙に神妙な声音で挨拶を交わしていた。

若干、違和感を覚える。気のせいかと思ったが、やっぱりいつもと違う気がする。

やけに居心地の悪い沈黙が訪れ、その空気を引き裂いたのは七瀬だった。

「そういえば、今日は数学の小テストね」

「えっ⁉　それほんと……？」

「一昨日あたりに村上先生が言っていたでしょう？」

「全然知らない……わたし寝てたかも……」

「席が隣になって分かったけど、星宮は結構授業中寝てるぞ」

「夏希くんは余計な情報リークしないで！　たまたまその時寝てただけ！」

星宮はそう喚いてから、ちらっと詩の顔を窺った。

「詩ちゃんは、知ってた？」

「もちろん！　勉強してないけど！」

「じゃあ星宮と同じじゃん……結果的には……」

「分かっててやってないのと、知らないのには天地の差があるんだよ！」

「何だとぅ⁉　詩ちゃん！　こら！」

なぜかドヤ顔で胸を張る詩に、星宮が後ろから抱き着いてくすぐり始めた。

さっきの違和感は気のせいだったか？　詩と星宮は普通にじゃれ合っている。

そこで、怜太と竜也が姿を見せた。

「朝から元気だね。僕は朝練でバテバテだよ」

額に滲む汗をタオルで拭いながら、怜太は言う。

「うぃっす。おい夏希、ちょっと教えてくれよ。今日の小テスト、村上の野郎が重要って言ってたところを復習してたんだけど、いまいち分からねえところがあるんだ」

そして竜也が一番真面目だった。

「四十三ページの問三なんだけどよ、解説の途中式が俺の計算と一致しなくて――」

竜也は数学の教科書を俺のところに持ってきて、話し始める。

「あたしたちも……」

「そ、そだね……勉強、しよっか」

そんな竜也の様子を見た詩と星宮は、顔を見合わせてから自分の席に戻る。

俺が竜也に問題の解説をしている様子を、怜太と七瀬が眺めている。

この二人は小テストなんて余裕なんだろうな。復習を怠るタイプじゃない。

「人は変わるんだね」

「変わろうとしているんでしょう。私はそういうの、好きよ」

言葉の意味はいまいち分からなかったが、二人はそんな風に通じ合っていた。

＊

数学の小テストは、どうやらみんな無事に乗り越えたらしい。

放課後は芹香から呼び出しがあった。

『岩野先輩が話聞いてくれるって。招集』

昨日の今日だが、もう話が進んでいるらしい。

さっそく第二音楽室に向かうと、すでに岩野先輩と芹香がいた。

岩野先輩はポケットに手を突っ込んだまま窓の外を眺め、芹香はギターのセッティングをしている。二人の間に会話はない。は、話しかけにくい空気だな……。

しかし扉を開けた俺に気づき、岩野先輩は振り返り、芹香は手招きしてきた。

「こいつがボーカルをやるのか？　お前を差し置いて」

「うん。あたしより上手いよ。岩野先輩も、聞けば分かる」

芹香は先輩相手にもタメ口なんだな。一瞬ひやっとしたけど、岩野先輩はそれを気にしてはいないようだ。

岩野先輩が俺を見る。見た目の厳つさに反して、優しい人なのかもしれない。

「い、一年の灰原夏希です」

「……二年、岩野健吾。ドラムをやっている」

とりあえず自己紹介をすると、岩野先輩も普通に返してくれた。

「……背負っているのは、ギターか？　弾けるのか？」

「一応、はい。上手くはないですが……」

視線の圧がすごい。岩野先輩は、無言で俺を見つめている。

「……すぐに戻る」

端的に言って、岩野先輩は第二音楽室を出ていった。

「ど、どういうこと……？」

「部室からドラムセットを持ってくるから、軽く合わせてみようって言ってる」

「あの一言にそんな長文が込められてたの⁉」

「岩野先輩はいつも言葉が足りないから。一緒にいれば慣れるよ」

　俺からすれば、芹香も言葉が足りない方だと思うんだが。

　似た者同士、通じ合うものでもあるのか？

　何にせよ、俺たちのバンドに興味を持ってくれてはいるらしい。

「ほら、夏希もギターのセッティングしな。足りない機材はあたしのやつ貸してあげる。このエフェクター、結構良い感じに歪んでくれるんだよね」

　芹香に促されてセッションの準備をしていると、岩野先輩はドラムセットを小分けにして運んでいた。結構大変そうだ。スネアドラム、バスドラム、タムタム、フロアタム、ハイハットシンバル、クラッシュシンバル、ライドシンバル……実際のライブで使用されるアコースティックドラムセットが、第二音楽室内に揃っていく。

　岩野先輩がセットの位置関係を調整し始め、芹香と俺は軽く音を鳴らし、アンプの音量調節やチューニングをする。不協和音が鳴る中、岩野先輩がドラムを叩き始めた。

　３カウントから８ビートのリズムを刻む。

芹香がアドリブでメロディを乗せた。

俺も無難なコード進行でおそるおそる合わせていく。

さっきまで静かだった第二音楽室内に激しい音の奔流が渦巻いた。

どれだけ芹香が好き勝手な演奏をしても、岩野先輩は正確無比にリズムを刻む。

それでいて、力強い音。迫力のあるドラムだった。

こんな即興でのセッション、やったこともないし難しすぎる。

俺がミスをしても、二人は気にすることなく演奏を続けている。

正直、ついていくだけで精一杯だった。

「夏希、歌って」

ふと、芹香が端的に言う。

直後、芹香のギターが曲調を一気に変えた。

聞いたことのあるリフ。それに合わせて、岩野先輩もドラムを変化させる。

この曲は知っている。ロードオブメジャー『大切なもの』。俺の好きな曲だ。

突然歌えなんて無茶振りが過ぎるけど、やるしかなさそうだ。マイクもないまま歌い始める。ギターとドラムも音圧に負けそうになる中、無理やり声量を引き上げた。

すぐに問題点に気づいた。歌いながらギターを弾くのは想像以上に難しい。ただでさえうろ覚えのコード進行。流石にいきなりギターとボーカルの両立は無理があった。

俺が早々に諦めてギターから手を放すと、芹香が合わせてくれる。バッキングとリードのパートを上手いこと組み合わせながら弾いている。流石の技術だな。

とりあえずボーカルに集中できる状況にはなったが、課題は山積みだ。必ず同じリズムを刻んでいるカラオケと違って、生演奏ではどうしても乱れがある。それに合わせて歌うのは難しい……と思っていたら、逆に、俺の歌に演奏が合わせてくれた。そうか、生演奏ならそういうこともできるのか。……何だこれ、面白いぞ？　楽しくなってきた。

精一杯の声量で『大切なもの』を歌い終えると、岩野先輩がドラムをかき回し、芹香が開放弦を鳴らしてからミュートで曲を締めた。第二音楽室が、一気に静寂で満ちる。

はぁ、はぁ、と俺の荒い息だけが響いていた。

「……本堂が言うだけのことはあるが、ギターはまだまだだな」

岩野先輩はドラムスティックをくるくると回しながら、鼻を鳴らした。

「でも、伸びしろは感じるでしょ？　ギターも、歌も。夏希の声、好きなんだよね。クリアなハイトーンボイスなのに、男の子特有の力強さもあって、重く響いてくれる」

「確かにお前が作る曲には、こいつの声の方が合っているだろうな」

「……うん。私の歌に、私の声は軽すぎる。単純に下手なのもあるけど」

「本堂。お前が言いたいことは分かる。だが、それでいいのか？」

二人の会話に俺はついていけなかった。

軽音部同士、今までも交流があって、その積み重ねの上でのやり取りなのだろう。

鋭く問いかける岩野先輩に、芹香はこくりと頷いた。

「いいの。私の音楽は、私が歌う必要はない。やっと気づいたんだ」

覚悟を決めたような芹香の言葉を受け、ふと脳裏にカラオケの時の記憶が過る。

『セリーはボーカルもよくやってるから』

おそらく今まで組んでいたバンドでは、ずっとギターボーカルだったのだろう。

そんな芹香が俺の歌声を聞いて、ボーカルを任せると言っている。

その言葉の重みを、今更のように感じていた。ボーカルはバンドの顔だ。いくら芹香がプロ級の演奏ができるとしても、俺の歌が下手だと一気に曲の価値を落とす。

期待してくれるのは嬉しい。

だが、本当に俺にできるだろうか？

……迷うな、俺。やりたいから、やると決めたんだろう？

今が下手なら、上手くなるしかないんだ。

歌も、ギターも、必死に練習するしかない。そうしないと芹香にはついていけない。

「やろうよ、岩野先輩。やっぱり私、先輩のドラムが好きだから」

話を区切り、芹香はいつも通りの口調で岩野先輩を誘った。

岩野先輩は押し黙り、窓の外に目をやる。空は夕焼けの色に染まっていた。

……芹香は一度断られたと言っていた。岩野先輩には何か、できない事情があるのか？

少なくともセッション中は、楽しそうにドラムを叩いていた。

ほぼ初対面の俺でも、それぐらいは分かった。岩野先輩も芹香も、言葉足らずで、表情の変化も分かりにくいが、それぞれの楽器の音色だけは感情を雄弁に語っていた。

「岩野先輩。俺も、先輩と一緒にやりたいです」

ぶっちゃけ一緒に演奏するまでは、そう思ってはいなかった。近寄りがたい印象が先行していた。でも今は違う。こんなに情熱的なドラムを叩く人なんだと知ったから。

「……一緒にやったとして、今年までだ。それ以上は続けられない」

「それでもいいよ。私たちが目標にしてるのは文化祭だから」

……そうなの？　全然、初耳なんですけど？

文化祭まで一か月半しかないけど、大丈夫なのだろうか。

俺が口を開けていることに気づいた芹香が、「あれ？」と小首を傾げる。

「話してなかったっけ？　やるよ、文化祭でライブ」

「後一か月半しかないぞ？」

「メンバーさえ集まれば何とかなるよ」

言外に『死ぬ気で練習すれば』という意思が込められていることを悟る。

「夏希も、やりたいでしょ？　好きな女の子に、かっこいいとこ見せるチャンスだよ？」

「……そりゃ、俺たちの歌で盛り上げることができれば、かっこいいだろうけどな」

その光景はきっと、俺が目指している虹色の青春に限りなく近いだろう。

ただし、その難易度はこれまで越えてきたハードルと比べても群を抜いているが。

漫画やアニメじゃないんだ。現実の文化祭で、高校生バンドのライブがド派手に盛り上がるなんてことはそうそうない。ライブ慣れしていない観客の性質の問題もあるし、ステージの音響設備の問題もあるし、単純にバンド自体のクオリティの問題もある。

「……」

俺たちがそんな話をしている間、岩野先輩は押し黙っていた。

「どうして、やるとしても今年までって話なんですか？」

「……俺はお前らと違って、二年だ。来年はもう受験勉強をしなければならない」

俺の問いかけに対して、ぽつりと呟きが落ちた。

それは、確かにそうだろう。二年生の三学期は三年生の零学期とも呼ばれている。良い大学を目指すのなら、来年以降のバンド活動は難しいとは思う。

「岩野先輩は、医者を目指してるから」

……なるほど。だとしたら確かに、生半可な気持ちの勉強では届かないだろう。

「成績も、二年生一位なんだよ、ああ見えて。意外でしょ？」

「何がああ見えて、だ。どこからどう見ても俺は真面目だろう？」

失礼すぎる芹香に、しかめ面で反論する岩野先輩。

正直どちらにも同意し辛かったので、俺は愛想笑いで場を誤魔化す。

それにしても、医者か。この学校の偏差値は県内上位だが、トップじゃない。医学部に進学する生徒は数えるほどしかいなかったはずだ。その難易度は推して知るべし。

「……両親が医者なんだ」

語られたのは、重みのある理由だった。

「俺も医者にならなければならない。だから受験如きで躓くわけにはいかない。けど俺は地頭が良いわけじゃない。両立なんて半端な真似は上手くいかないだろう」

「……でも、やりたいんでしょ？　だから、そんな苦しそうな顔してるんだ」

芹香はそう指摘するが……俺には、岩野先輩がいつも通りのしかめ面をしているようにしか見えない。仲が良い人には、分かるような変化があるのだろうか。

「今更、という気はする。三年生が引退して俺が在籍していたバンドが解散した後、誰も俺を誘わなかったのは、俺の事情を察して、気を遣ってくれたからだろう?」

「いや、全然違う。みんな普通に岩野先輩を怖がってただけだよ。特に一年生には評判悪いよね。私も最初はそうだったけど、先輩のドラムを聞いたら考えが変わった」

芹香のストレートすぎる言葉に、岩野先輩はガーン! という効果音が頭上に見えそうなレベルで硬直していた。俺にも分かる変化ってことは相当衝撃受けてるぞ。

きっと本人は知らない方が幸せな情報だったんじゃないか……?

こほん、と気を取り直して、岩野先輩は言う。

「俺はお前のギターが、お前が作る曲が好きだ。お前が進む道の先に興味がある」

だからこそ、と続けた。

「お前とバンドを組んでしまったら、ずるずると続けてしまいそうで怖い。医者を目指すことを諦めて、音楽の道に走ってしまいそうな気がするんだ。それが、怖い」

「先輩、いつになく饒舌だね?」

「……本音だからな。本当なら、こんな弱音を言いたくはなかった」

芹香と岩野先輩の間に、沈黙が横たわる。

「――じゃあ、文化祭までだね」

やがて芹香は、覚悟を決めるように宣言した。

「これから一か月半ぐらい？　本気でやろうよ。後悔なんて消えるぐらいに。文化祭のステージで最高の演奏をして、終わりにしよう」

「そこまでして……なぜ俺を？　ドラマーなんて他にもいるだろう。この高校に限らなければ、本堂の腕ならいくらでも見つかる。俺よりも上手いドラマーが」

「私が惹かれたのは、先輩のドラムだから誘ってるんだよ。期間限定でもいい。それでも一緒にやりたいって思ったのが……岩野先輩と、ここにいる夏希なの」

まるで愛の告白のように、情熱的な台詞だった。

それだけ芹香が音楽に対して本気であることがよく分かった。

「……分かった。文化祭まで、だな」

やがて覚悟を決めたように、岩野先輩は頷いた。

すると、芹香は会心の笑みを浮かべて、両手を掲げる。

俺がきょとんとしていると、芹香は不満そうに眉をひそめた。

「何してるの。ほら、ハイタッチだよ」

「は、ハイタッチ……？」と繰り返しながら両手を掲げると、芹香は勢いよく両手を合わせてきた。ぱしん、と派手に音が響く。それから、くるくると踊るように回転する。

どうやら相当喜んでいるらしい。

「それで？　ボーカルとギターとドラムが揃って……ベースはどうする？」

「私が一緒にやりたいと思ったのは君たち二人だけ。後の予定は未定。でも夏希にベーシストの心当たりがあるらしい。……そういう話だったよね？」

「まあ、ちょっと誘ってみるってだけだから、あんまり期待しないでくれ」

「一応言っておくが文化祭ライブをするなら、ここの生徒でなければいけないはずだ」

「そこは問題ないんです。というか先輩は知ってます？　篠原くんって」

何となく答えを察しつつも尋ねると、やはり岩野先輩はしかめ面のまま首をひねった。

「……誰だ？　そいつは。軽音部なのか？」

ははは、と俺は笑って、とりあえずその場を誤魔化しておいた。

＊

三日後。長い平日が終わり、土曜日になった。

喫茶マレスでバイトをしていると、来店を告げる鐘が鳴る。

「いらっしゃいませー」

ホール担当の七瀬が反応し、キッチン担当の俺はカウンターの奥から入り口を見る。

「やっほー、唯乃」

そこにいたのは私服姿の芹香だった。普段は綺麗なロングの茶髪を右のサイドテールにまとめ、薄手の肩出しニットにやたらと短いミニスカート。目のやりどころに困る。

「あら？　芹香じゃない。もしかして灰原くんに用かしら？」

「んー、そうとも言えるし、そうじゃないとも言える」

「……？　よく分からないけれど、とりあえず席に案内するわね」

七瀬の後ろをついていく芹香はきょろきょろと首を振って俺を見つけると、両手を小さく振ってきた。そういう普通に可愛い挙動やめろ。あざといぞ、この女……。

「……あれ？　ほ、本堂さんだ。この店に来るんですね」

俺の隣で皿洗いをしている篠原くんが、意外そうに目を見張っている。

そんな篠原くんの様子を眺めつつ、時計に目をやる。十二時を回ろうとしていた。

もうすぐ俺と篠原くんのシフトが終わる。芹香は、そのタイミングを見計らって呼んでおいた。やはり勧誘には芹香のカリスマが要るだろうと、考えを改めたのだ。

「……そ、そういえば灰原くん。最近学校来る時、ギター背負ってますよね？」

「え、クラス遠いのによく知ってるね？」

正直大して上手くもないギターを背負ってるの普通に恥ずかしいんだけど。上手かったら（気分的な問題で）堂々としていられるので、早く上手くなりてぇ……。

「クラスの女子が噂してましたし、自分でも見ましたから。もしかして、軽音部に？」

「……入る、のかもしれないけど、今のところ分からない」

バンドメンバーが揃うのであれば、別に入部しなくても問題はないからな。

「ギター、弾けるんですか？」

「少しは。でも、あんまり上手くはないぞ」

「そ、それでもすごいですよ。勉強も運動もできて、ギターも弾けるんですね」

篠原くんの俺に対する目線が、どんどん崇拝の対象みたいになってきて怖いんだけど。

どうにかして俺の評価を下げられないものだろうか。

「そんな大した人間じゃないって。評判が誇張されてて怖いんだけど」

「し、しかも、謙虚……評判通りだ……」

だ、駄目だ！　何を言っても良い方向に解釈されてしまう！

自分の評判を落とすことを諦めたタイミングで、時計の針が頂上を指差した。

「うーっす。少年ども、交代だ。お疲れさん」

バイトリーダーの光野さんが休憩室から登場し、俺たちの肩を叩く。

「お疲れ様でーす」

「お、お疲れ様です……すみません……」

「おう、お疲れ。なんで謝ってんだよ。篠原は面白いなぁ」

着替えるために休憩室に戻る時も、篠原くんはペコペコと頭を下げていた。

「篠原くん、この後ちょっと時間ある？」

「え、ええっ⁉　すみません。僕、何かしましたか……？」

できる限り優しく聞いたつもりなんだが、めちゃくちゃ警戒されてしまった。

「いや、そういうわけじゃないよ。単に、俺たちとバンド組んでくれないかって話」

「あ……そうなんですか。よかった……ん？　え？　お、俺たちとバンド？」

「そう。メンバーは俺と、そこにいる芹香と、軽音部の岩野先輩」

端的に説明すると、篠原くんは目を見張ったまま硬直する。

「え、えええええええええええええええええええええええええっ⁉」

そして、今まで聞いたことのない声量で、素っ頓狂な叫びを上げた。

＊

芹香がすでに座っていた四人席の正面に、俺と篠原が並んで座る。

俺たちに気づいた芹香は、耳につけていたイヤホンを外す。

「音楽でも聞いてたのか?」

「バンプの『ユグドラシル』。全人類に聞いてほしい名盤」

「分かる。何を聞いても、そこに回帰するよな」

話が弾んでいる俺たちのもとに七瀬が飲み物を持ってきてくれる。

俺はブラックコーヒーで、篠原くんはカフェラテだった。

「バンドの打ち合わせ?」

「というより、篠原くんの勧誘だな」

緊張でカチコチに固まっていた篠原くんが、背筋をびくっと反応させる。

「そういえば、篠原くんも軽音部という話だったものね」

「うん。確かに、部室で何回か見たことある……ような、気もする?」

「おい、せめてそこは自信を持ってやれよ」

相変わらずデリカシーに欠ける芹香の言葉に、慌ててツッコミを入れる。

「い、いえ……すみません僕は影が薄いので……」

ははは、と自嘲的に笑う篠原くんだった。め、目が死んでいる!

「都合の良いベーシストを探してるんだ」

芹香は端的に言った。おい、余計な修飾語をつけるなって！

「うちの生徒で、他のバンドに所属してなくて、ベースの経験者」

「……その条件なら確かに、一致してますね。軽音の余り者なんで……ははは……」

いちいち自嘲するのも反応しづらいのでやめてほしいんだけど！

昔の俺が何かを言う度に周りのみんなが苦笑していたことを思い出す。

あの時のみんなはこんな気持ちだったんだな……過度な自虐はよくないよ。

「篠原くん……だっけ？　よかったら、私たちのバンドに入らない？　結成したばかりで名前もないんだけどね。文化祭ライブを目指そうって話になってる」

「誘ってくれるのはありがたいんですけど……僕なんかで、いいんですか？　あんまり上手くないですけど。正直、本堂さんと僕じゃ演奏のレベルが釣り合わないんじゃ……」

「その懸念は分かるけど、俺も同じ立場だから。一緒に頑張ろうぜ」

「灰原くんは天才だから……きっと僕なんかすぐに置いていかれますよ……」

「おーい、そんなことないしネガティブすぎるって」

「す、すみません……これが僕の性分なんですよ……ははは……」

篠原くんの周りだけ、どんよりとした空気が漂っている。

そんな篠原くんに対して、芹香はあっけらかんとした口調で告げた。

「とりあえずやってみない？　興味持ってくれてるなら、やってみてから考えようよ」

そうだな。ひとまずお試しで参加してみるのがお互いのためにも良い気がする。

篠原くんは挙動不審に視線を彷徨わせた後、急にカフェラテを一気に飲み干した。

「――や、やってみても！　いいですか⁉　僕でよければ！」

予想外に大きな声での答えに、周囲の客の視線が集まる。

俺は「もちろん」と笑顔で了承し、芹香は無言で親指を立てた。

ボーカル、ギター、ベース、ドラム。これで何とかバンドメンバーは揃ったか。

なかなか癖の強い面子が揃ったな。不安もあるが、楽しみの方が強かった。

▼間章一

八月三十一日。

夏休み最後の一日は、ユイユイとヒカリンと三人で遊んでいた。

今回の夏休みは、ナツが定期的に勉強会を開いてくれたおかげで、あたしにしては珍しく課題が終わっていた。こんなに余裕のある夏休み最終日は生まれて初めてだ。ナツには感謝しないとね。……ナツのことを思い出すと、自然と口元がにやけそうになって、慌てて抑え込む。ひとりでにやけてる変人になるところだった。

「いやー、遊んだねー」

「そうね。秋服もたくさん買ってしまったわ」

「楽しかった！　明日から学校って思うと、ちょっと気が重いけど……」

ショッピングモールの服屋さんを巡って、お洒落なイタリア料理店で美味しいパスタやピザを食べて、映画館で最近流行りの恋愛映画を観た。もう楽しいこと全部詰め込んだみたいなスケジュールでちょっと疲れたけど、これだけ遊んだら心置きなく夏休みを終えることができる。高校一年生の夏休みは、今まで経験した夏休みの中でも一番楽しかった。

その理由は二つあって、一つはかけがえのない友達ができたからだと思う。

あたしは昔から友達が多くて、特定のグループに居続けることはほとんどなかった。高校に入ってからそうしているのは、それだけ今のグループの居心地が良いから。

タツは昔から仲が良い大切な友達だ。ちょっと乱暴で、言葉選びもムカついたりするけど……肝心な時は優しいし、あたしが落ち込んでいる時はいつも傍にいてくれた。

レイはいつも一歩引いた視点であたしたちのことを見ていて、たまに何を考えているのか分からないけど、あたしたちが何かアイデアを出したら、いつも良い感じにまとめてくれる。地頭が良いんだと思う。自分に自信がありすぎるのはどうかと思うけどね。

ユイユイは、いつもクールなのに、たまに可愛いところを見せるのがずるいよね。あざといのに天然でやってるのが卑怯。そんなの、好きになるに決まってるじゃん。レイが男子陣の世話役なら、ユイユイは女子陣の世話役って感じだよね。まだヒカリンには見せているのにあたしには見せない顔もあるみたいで、そのへんの壁は今後突破したいな。

ヒカリンは、高校に入ってから一番仲良くなった女の子だ。初めて見た時、奇跡みたいに可愛くて、こんなアイドルみたいな子が本当に実在するんだって思った。しかも性格も天使みたいで……多分ちょっとは計算でやってると思うけど、元々の性格が良いのは間違いないと思う。話も弾むし、たまに見せるドジなところも面白くて、一緒にいて楽しい。

そしてナツは――あたしが初めて恋をした、男の子だ。

もう一つの理由は、ナツがいたからだ。ナツが、あたしの世界を変えてくれた。

明日が楽しみになった。少しのことで嬉しくなった。あなたが笑っているところを見ているだけで元気がもらえた。でも他の女の子と話していたら……嫌な気持ちになった。

「ねぇ、詩ちゃん。ちょっとだけ話をしよっか」

帰り際、通りがかった公園を指差して、ヒカリンが言った。

あたしだって薄々気づいていた。今日の本題がそれなんだろうってことぐらい。

木陰のベンチに腰掛ける。砂場で小さな子供たちが遊んでいた。この暑い中、よく日差しの真下で遊べるなぁと思った。反対側の木陰では子供たちの親とみられるおばさんたちが団扇を扇ぎながら雑談をしている。蝉の声が響く中、ユイユイが口を開く。

「私はちょっと外そうか？」

「いや……唯乃ちゃんもいてほしいな。いいよね、詩ちゃん」

「……うん」

どうやらヒカリンは覚悟が決まっているようだった。

表面上は元気でも、本当は迷ってばっかりのあたしとは大違いだ。あたしには言葉にする勇気はなかった。だから曖昧にして、なあなあにして、後回しにしていた。

「――わたしね、夏希くんのことが好き」

ヒカリンは、しっかりとあたしの目を見据えたまま、断言した。

分かっていた。気づいていた。だけど、言葉にしてほしくはなかった。だって言葉にされると明確化されてしまう。見ないふりをしていたのに、気づかされてしまう。

「だから、詩ちゃんには謝らないといけない。先に夏希くんのことが好きになったのは詩ちゃんで、わたしはそのことを知ってたのに……後から、こんなことを言ってるから」

あたしが俯いて黙っていると、ヒカリンは優し気な口調で続ける。

「ごめんね」

「……ヒカリンが、謝るようなことじゃないよ」

何とか、そんな言葉を絞り出した。

「好きになっちゃったのは、仕方ないよ。あたしだって、同じだもん」

違う。こんなに暗い口調はあたしらしくない。もっと明るく答えないと。

「でも、負けないよ！　あたしに気を遣うとか、やめてね？」

上手く笑えているかな。上手く声を張れたかな。

不安だらけのあたしに対して、ヒカリンは安心したように微笑する。

「……うん。わたしも、負けない」

「どっちが勝っても、恨みっこなしだからね？」

「うん。その時は、できるだけいつも通りにするよ」

ただの口約束だ。多分、そう上手くはいかないだろう。あたしはナツとヒカリンが付き合っているところを間近で見ていられる自信はないし、ヒカリンもそうだと思う。だからこれは願いだ。そうなったらいいって、あたしたちはお互いに祈っている。

「……どうなっても、友達でいてくれる？」

それでも、あたしはヒカリンが――星宮陽花里のことが好きだった。恋愛感情を抜きにしたら、ナツ以上に。だから自分の恋が原因で、友達を失うなんて結末は嫌だ。

「……うん、約束」

それでもナツのことを諦めきれないから、あたしたちはこんな約束をしている。

きっとヒカリンもあたしと同じ気持ちなんだろうな。

他人と心から分かり合えるなんて、本当はあまり信じたことがない。

でも、今だけは信じたいと、そう思った。

▼第二章　バンド結成

日曜日。芹香(せりか)に呼び出されて学校に向かっていた。

まだ朝早いが、どうやら今日からバンドの練習を開始するらしい。

電車に乗っている間、ＲＩＮＥのチャットを読み返す。

昨日篠原(しのはら)くんを誘った後、すぐに芹香が作ったバンド活動用のＲＩＮＥグループだ。

名前は『私のバンド』。お前のバンドなのかよ。いやお前のバンドだけども。いくら仮(か)称(しょう)とはいえ、もうちょっと何かあるのでは……？　芹香らしいと言えばそうなんだが。

本堂(ほんどう)芹香『明日九時、第二音楽室集合』

夏希(なつき)『練習するのか？』

本堂芹香『楽譜(がくふ)送るね。これ、合わせてみよう。明日までに覚えて』

夏希『鬼畜(きちく)か？』

本堂芹香『何とかなるよ』

岩野『これはお前が作った曲か？』
本堂芹香『そう。人生で一番の自信作』
夏希『悪いけど俺はtab譜じゃないと分からん』
本堂芹香『じゃ、それも送る』
篠原@アニメ好き『第二音楽室の休日使用許可は取得済でしょうか？』
本堂芹香『夏希以外は軽音部だし、問題ないっしょ？』
岩野『灰原に入部してもらった方が早いんじゃないか？』
篠原@アニメ好き『一応後で顧問に確認を取ります』
本堂芹香『そだね。明日、入部手続きもしよっか』
夏希『それはいいんだが、部長？　とかに確認しなくていいの？』
岩野『俺が許可だけ取っておこう』
本堂芹香『後でみんなに挨拶ぐらいはしといた方がいいかもね。紹介したげる』
岩野『必要か？　うちの軽音部は基本的にバンドごとに動くから、部室の使用時間の調整ぐらいでしか他のバンドと関わらないだろう』
本堂芹香『そう思ってるの岩野先輩だけだよ？　先輩以外は仲良いから』
岩野『そうか……』

夏希『おい、言葉のナイフで人を切り刻むのはやめろ』
篠原@アニメ好き『僕なんて存在すら誰にも覚えられてませんから大丈夫です』
夏希『それはいったいどのへんが大丈夫なの……？』

そんな感じのやり取りがチャット画面に記載されている。

とりあえず仲が良さそうで（？）何よりだ。ギスギスするのは嫌だからな。

芹香が送ってきた曲のコードは昨日頑張って覚えたが、ちょっと時間が足りない。

イントロとＡメロはだいたい掴んだけど、サビが怪しいな。

多分俺のパートは意図的に簡単にしてくれているのだろう。芹香のパートに比べて明らかに難易度が違う。パワーコード多めで、単純なリフの繰り返しになっている。

「くぁ……」

夜遅くまで練習したせいで寝不足だ。

休日に学校に行くなんてやりなおしてからは一度もない。バスケ部に入っていた一周目以来だ。前橋駅に到着し、通学路を歩く。新鮮な感覚だ。普段なら登校中の生徒で溢れている道なのに、今は誰もいない。穏やかな静寂が心地よかった。

などと思っていたら、急に後ろから人の手が伸びてきて目の前が真っ暗になる。

「だーれだ？」

「そんなことする奴は芹香しかいないだろ」

そもそも声で分かるけど。

芹香の細い両腕を掴み、目元から手を外させる。

振り返ると、思っていたよりも近い距離に芹香の端整な顔立ちがあった。

ふわりと香水の匂いがする。芹香はくすりと笑った。

「見惚れたら駄目だよ。夏希には陽花里ちゃんと詩がいるんだから」

「……うるさいな。分かってるって」

これだから自分の顔の良さを知っているタイプの人間は……。

「なんかテンション低いよ？　私たちの物語はこれから始まるっていうのに」

しゅっ、しゅっ、と芹香は謎のシャドーボクシングをしながら言う。何してるの？

「芹香は元気いっぱいだな？」

「当然。昨日はちゃんと十時間寝た」

「ちょっと寝すぎじゃない？」

「寝る子は育つ。背も胸も。そう信じてる」

「……男にする話じゃなくない？」

そもそも芹香って海で見た時の記憶だと結構……いや、思い出すのはやめよう。

「そう？」と小首を傾げる芹香は、多分脊髄で喋っているんだろうな……。

ため息をつく俺に、芹香はとんでもない質問を投げてきた。

「夏希は巨乳派なの？　貧乳派なの？」

「なぁっ⁉」

その瞬間。脳裏を過るのは……星宮と詩だった。

や、やめろ俺！　何も考えるな！　そこで何かを考えるのはちょっと違う！

「どっち？」

「いやいや！　俺はそういうのないから！」

ぶんぶんと首を横に全力で振ると、芹香は「そうなの？」と疑ってくる。

そうだよ。強いて言うなら、好きになった人の大きさが好きなんじゃないですかね。

「でもやっぱり大きい方がよくない？　ふわふわしてるし」

あの。童貞男子に対して余計な情報つけないでもらっていいですか？

芹香を相手にしていると、慌てふためいている内心を隠すだけでも苦労するな……。

「……どうだろ。小さいのも小さいなりの魅力があるでしょ」

たとえば、胸が小さいことを気にしているところが可愛いとか……たとえ話なのになぜか具体的な光景が頭に浮かぶ。モデルも固定されていた。だからやめろって俺！

「ふうん。そういうものなんだ」

「……まあ、胸の大きさで何かを決めるようなことはないだろ」

ただ大抵の場合、大は小を兼ねる（台無しか？）。

そんな風に芹香とくだらない話をしながら第二音楽室に向かっていると、

「あ、あの……おはようございます……」

急に真後ろからぼそぼそと声が飛んでくる。

驚きながら振り向くと、いつの間にか篠原くんがすぐ傍を歩いていた。

「お、おはよう……いつからいたんだ？」

「十分ぐらい前から……」

「十分も前⁉」

「すみません。声、かけるか迷って……」

「……十分も？」

「普段、気づかれてない時に声かけると、驚かせちゃうんですよね……」

ははは、と自嘲気味に笑う篠原くん。なんか顔色悪くない？

「そんなに影薄いことあるんだ……」

と、ちょっと引き気味の芹香。おい、火の玉ストレートやめろって！

しかし、実際篠原くんほど影が薄い人もそうはいないだろうな。

「唯一の取り柄なんで……いらないですけど。ははは……」

確かに俺たちのような陰の者は、自らの気配を消す技術を持ってはいるが……。

俺と篠原くんではおそらく格が違う。陰の才能の差を感じる。

「それに、話題がちょっと……話しかけづらくて……」

「一応言っておくけど、あれは芹香が話題を振ってきただけだからな？」

篠原くんはもちろん分かってますとばかりに頷き、芹香に聞こえないよう小声で言う。

「……………お、女の子の前だと、ああ言うしかないですよね。分かります」

そこは別に分かってくれなくてもいいんですけど。

俺が微妙な心境になっている間に、第二音楽室に到着する。

「二人で何話してるの？　結構仲良いんだね？」

「あっ、いえ。そういうわけではまったくないです……」

否定が早すぎない？

陰の経験がある俺は、『僕なんかと仲良いなんて思われたら灰原くんに迷惑をかけてしまうかもしれない』という考えだと理解しているので傷ついてはいないが……。

読める、読めるぞ……俺には篠原くんの思考が読める！

まあ読めるからと言って、どう対応すればいいかは分からないんですけどね。過去の俺に対応できる人がいなかったので参考資料がない。過去の俺、強すぎるよ……。

などと俺たちがゴチャゴチャやっていると、不意に第二音楽室の扉が開く。

「さっさと入って準備をしろ。文化祭までは時間がないぞ」

岩野先輩が、相変わらず巌のような表情を浮かべて腕を組んでいる。

「す、すみません……」

篠原くんは泣きそうな顔でぷるぷると震えていた。

＊

たん、たん、どん、じゃーん。べんべんべん。じゃらん、きーん。

俺たちの拠点と化している第二音楽室で、それぞれの楽器の音が鳴る。

音出しと調整。自分の楽器との対話。俺もチューニングをしてから音量を調節する。

どのくらいがいいんだ？　人と合わせた経験がないからよく分からん。

「夏希、ボリューム下げて。篠原くんは、立ち位置がちょっと離れすぎかな」

芹香の指示に従い、アンプとエフェクターの音作りをする。

これがなかなか難しい。結局は芹香先生にほとんどやってもらった。

そして俺の場合はギターだけじゃない。考えることが多いな。

「あ、あー。こんなもんか？」

芹香が軽音の部室からかっぱらってきた（？）マイクに向かって声を出す。

マイクスタンドの位置を調整しつつ喉（のど）の調子を確かめていると、

「おっけ。良い感じ」

芹香が親指と人差し指で丸を作った。

喉の調子は悪くない。でもカラオケ以外でマイクを使うのは新鮮な感覚だな。

みんなの準備が整ったタイミングで、芹香が尋ねてくる。

「夏希、歌える？」

「一応、歌詞は覚えてきたよ。うろ覚えのとこもあるけど」

「よく一日で覚えたね。英語ばっかりなのに」

「分かってるなら一日で覚えてきてなんて無茶振（むちゃぶ）りやめてくれない？」

こっちはギターのコード進行を覚えるだけで一苦労なんだぞ！

「私の曲だし、最初は私が歌うよ。アレンジしていいけど、見本にして」

「分かった」

俺はマイクスタンドの前から離れ、その位置には芹香が立つ。

まあ曲調はtab譜から何となく分かるが、原曲を聞いたわけじゃないので、芹香の思うような歌い方になるかと言うと話は別だからな。見本があるのは助かる。

「じゃ、イントロから。４カウントで始めるよ」

おっと、安心している場合じゃない。素人なんだから集中しないと。

一、二、三、四とドラムスティックがリズムを刻み、芹香の淡く微睡んでいくようなアルペジオからイントロが始まる。ゆったりとした展開を支えるように、岩野先輩のドラムが淡々としたビートを刻んでいく。さりげなく参加した篠原くんのベースが、地面を叩くように重く響き、洒落ていて聞き心地の良いメロディが形成されていく。

そして一小節が終わり、二小節目に入ると岩野先輩がハイハットを派手に叩く。急にドラムの勢いが増した瞬間、芹香がギターを勢いよくかき鳴らした。曲の雰囲気が一変し空気を切り裂かんばかりのギターストロークが、楽曲を鋭く変化させていく。

芹香のギターソロが終わりを告げ——ここだ。俺のリズムギターが曲に参加する。ドラムのビートに合わせて、機械的にストロークをする。俺のパートに難しいコードはないから集中して弾けばミスらない……はずだ。視線をギターに落としていると、いつの間にかボーカルが入るタイミングになっていた。でも、今回は俺がボーカルじゃない。

芹香のハスキー気味の声が楽曲に乗る。

Aメロは単純なリフの繰り返しだ。岩野先輩の正確なリズムがとても頼もしい。篠原くんのベースから鳴る重低音も、俺を陰から支えてくれているような感じがする。

俺が何度かミスっても、二人のリズム隊はまったく狂わなかった。だからこそ芹香のボーカルが完璧なタイミングでサビに突入することができる。エフェクターのペダルを踏み込んだ芹香がギターをかき鳴らし、淡々としていた楽曲が華やかに彩られていく。

そして、芹香のシャウト気味の発声は、派手なサビに更なる盛り上がりを加えた。

すごい、と思った。これが芹香か。バンド素人の俺でも流石に分かる。

もちろん岩野先輩も、篠原くんもとても上手い。俺なんかとは比べ物にならない。

だけど芹香が紡ぐすべての音は、俺たちとは輝きが違った。

ああ、分かりやすい。この曲を良いものにする道が俺にも分かる。

芹香はこの曲の光だ。芹香の声が、芹香のギターが、この曲の価値を決める。

俺たち三人は影だ。芹香の光がより際立つように、支えればいい。

特に言葉を交わすこともなく、俺たち三人の方針が一致する。それぞれの楽器から鳴る音の変化が俺たちの答えだった。火花が激しく散るような芹香のギターリフは、俺たちが作った音の土台の上で暴れ回る。ドラマチックな展開へと変化を見せる最後の大サビ。

芹香のハスキー気味の声が激しくもどこか物悲し気に響き、派手にギターをかき鳴らした芹香に合わせ、岩野先輩がシンバルをかき回して曲が終わりを告げた。

ギターにぽたりと雫が滴り落ちて、ようやく大量の汗をかいていることに気づく。

それだけ集中していた。良い演奏だったと思う。

何度かミスはあったけど、初めてにしては十分な出来じゃないだろうか。

それに、tab譜だけで練習していた昨日の段階では分からなかったこともある。

曲の全体像を掴んだ今なら、多分もっと良い演奏ができるはずだ。

「今のが『black witch』。私が人生で一番初めに作った曲」

「……すげえ格好いい曲だな。こんな曲を芹香が作ったのか……」

「そうだよ。結構良いでしょ？　私も気に入ってる」

ゴリゴリのギターロックと言えばいいのか。ボーカルと並ぶぐらいギターが主役を張る楽曲だった。メロコア寄りの激しく重いバンドサウンド。駆け抜けるようなサビ。

本当はプロの作曲家が作ったと言われても驚かない。

「みんなも気に入ってくれたなら、嬉しいな」

手元のギターから視線を上げると、篠原くんの口元には笑みが浮かんでいる。

「……い、良い曲ですね。最高です」

興奮した様子の篠原くんと頷き合う俺。

「これ録音して、外から聞いてみたいな。絶対かっこいいぞ」

「そういえば録音するの忘れてましたね。次は自分のスマホでやっときます」

そんな俺たちに対して、岩野先輩と芹香は冷静だった。

「俺は聞いたことがあった。お前が前のバンド組んでいた時に聞いたことがある」

「そういえば、そんなこともあったね」

「本堂。お前から見て、今のセッションは何点だ？」

「んー、まあ……初めての合わせってことを考慮しても……三十点？」

芹香の評価は、割と衝撃的だった。

「そんな低いのか？」

「私の理想を百点としたら、ね。みんな、私に遠慮しすぎ」

「……え、遠慮しているつもりは……」

篠原くんが、視線を彷徨わせながら、おそるおそる言う。

「ただ、本堂さんに合わせた方が、良い曲になると、そう思って……」

「……あんまり好きな考え方じゃないな」

芹香はぼそりと呟き、篠原くんはびくっと肩を震わせた。

「篠原くん、上手いじゃんベース。びっくりした。だから、もっと本気で来てよ」

「わ、分かりました……頑張ります」

「岩野先輩も。私が惚れた先輩のドラムは、あんな淡々とした感じじゃない」

「……ああ、分かっている」

鋭い芹香の言葉に、岩野先輩は重々しく頷く。

それから芹香はぱんぱん、と両手を叩いて空気を変えた。

「さ、曲は掴んだでしょ？　次は夏希が歌って。こっからが本番だよ」

「それはいいんだけど……俺は？　何かないの？」

そう尋ねると、芹香は珍しくちょっと困ったように苦笑する。

「夏希は……今のままでいいよ。これから、頑張ろ」

あっ……もしかして、俺はまだ何かを指摘するレベルじゃないですか⁉

ずーん、と沈んでいる暇もなく、芹香が俺の前にマイクスタンドを移動する。

「イントロ、ちょっとテンポ遅いかも」

「了解」と岩野先輩は答え、再び４カウントで曲を開始する。

一回目よりは慣れているはずなのに、一回目のように上手くはいかない。

問題は、ボーカルが入った後だった。

歌いながらギターを弾く。

歌に集中すればコードをミスり、ギターに集中すれば音程や声量が安定しない。

もちろん難しいことは分かっていたけど……ここまでか。

いつの間にか流れていた汗が、目に入って視界がぼやけた。

そして俺がサビの入りのタイミングをミスったせいで、僅かに篠原くんがリズムを重たく変化させ、一方で岩野先輩が最初のリズムを正確に刻んでいるままだった。ベースとドラムにズレが生じる。それは芹香が奏でるメロディのタイミングも狂わせた。嚙み合わないリズムが、良いはずの楽曲を不協和音に変える。急に指が動かなくなってきた。

「いったんストップ。ちょっとズレすぎ」

芹香が片手を上げ、みんなの演奏を止めた。

……俺のせいだ。俺がこのバンドの足を引っ張っている。

こんなざまで、ギターボーカルなんてバンドの顔を本当にやれるのか？

「篠原くんはもっと顔上げてほしいな。目で伝わることもあるから」

「そうだな。もう少し俺たちでリズムを合わせたい」

「あ……す、すみません」

ペコペコと頭を下げる篠原くん。

芹香は次に、俺を見た。何を言われるだろう。

……やっぱり、バンドに誘ったのは間違いだったと言われてもおかしくないな。

俺だけ明らかに、レベルが合っていない。

「夏希、良いじゃん。やっぱり夏希の歌声、好き」

しかし芹香は、笑みを浮かべて俺の胸を拳の裏で叩いてきた。

「今のが？　相当ボロボロだったぞ？」

「そう？　十分よかったよ。あ、リズムが崩れたのは夏希のせいじゃないよ」

「……はい、今のは僕が悪いので……」

篠原くんが涙目でふらついていた。だ、大丈夫かな……？

「ギターとボーカルの両立は、慣れだから。仕方ない」

「……今更だけど、やっぱり芹香が歌った方がいいんじゃないか？」

「そりゃ今はまだ、ね。でも私は夏希に期待してるから」

……期待か。そうだよな。まだ練習を始めたばかりだ。弱音を吐くには早すぎる。

「お前から歌を取ったら、後は大して上手くもないギターしか残らないだろう」

「うっ、そうですよね……」

岩野先輩の辛辣な一言は、ただの事実だ。

俺がボーカルをやめたら、このバンドにいる意味があまりない。

むしろギターをやめ、ボーカルに専念する方が現実的だ。

芹香の負担は増えるが、芹香の腕なら何の問題もないだろう。

「そ、そこまで言わなくても……僕なんかより全然上手いですし……」

篠原くんは擁護してくれたが、あまり嬉しくはなかった。

過度な謙遜というよりは自己評価が異常に低いだけなのだろう。篠原くんは良いベーシストだ。今日、一緒にやって実感した。そんな風に自分を卑下する必要はない。

「とにかく練習しよう。まだ悩むような時間じゃない」

何にせよ、芹香の言う通りだ。

「ああ」

「は、はい……！」

「そうだな」

俺たちは頷き合い、再び演奏を開始した。

＊

すっかり空は暗くなっていた。

朝九時から練習していたのに、もう夜七時を回っている。

あまりにも時間が経ちすぎていて、時計が狂っていないか一瞬疑った。

……時間は一瞬で過ぎ去ったが、嗄れかけている声が練習時間の証明だった。

「あ、あー。んんっ……終盤は高音がきつかったな」

「喉のケアはしっかりね。でも、最後まで歌いきれたのはすごいよ」

独学ながらボイトレはしていたから、喉の使い方は分かっているつもりだ。

喉を痛めないように腹を使って声を出している。とはいえ、こうも長時間、しかも全力で歌っていれば、嗄れるのは仕方ない。まあこの感覚なら一晩経てば治ると思う。

「はぁ……」

思わずため息が零れた。

隣を歩いている芹香に、無意識のため息が気づかれる。

「まだ初日だよ。天才のつもり？」

芹香は部室棟の前にある自販機で水を買うと、俺に投げ渡してくる。

キャップを回して渇いた喉に流し込む。疲れている時は水が一番美味い。

「そんなつもりはないけどさ……上手くいかないと落ち込むよ」

「私は結構新鮮。夏希は、何でも初見で完璧にこなしちゃう印象あったし」

「それは……見えないところでちゃんと準備してるだけだよ」

「うん、本当は努力家なんだろうなって今日思った」

「それ、褒められてんのかな？　微妙なラインだな……」

そんな風に芹香と話していたら、急に背後から声が聞こえてきた。

「は、灰原くんは十分上手いですよ。そんなに落ち込む必要はないと思います」

び、びっくりした……。

あの芹香さえ、両手を変な形で上げた体勢で驚愕していた。

篠原くんがいつの間にか俺たちの後ろに立っている。

いつも冷静でマイペースな芹香も驚くことがあるんだなぁ。

「……お茶、噴くかと思った」

「す、すみません驚かせて……でも、灰原くんが落ち込んでたのが気になって」

篠原くん、良い奴かよ……。

「比較対象が本堂さんだから、下手だと思うかもしれませんけど」

「うん。夏希はちゃんと上手いよ、ギター。ボーカルとの両立に慣れたらよくなるって」

まあ隣でギターを弾いている芹香が輝きすぎているせいで、俺が弾くギターの音色が淀んで見えるのは実際ある。ギターを再開したばかりの俺が、ずっと現役で続けている芹香と比べても仕方がない……のは分かる。でも、もっとギターが上手くなりたい。

あの日。芹香に憧れて、俺もそうなりたいと思ったから。

「そもそも、いきなりやって最後まで演奏が成り立つ方がおかしいので……本堂さんも岩野先輩も、高校生のレベルじゃないですよ。比べても仕方ないです」

「篠原くんだって、上手いじゃん。君みたいなベーシストが余ってたなんてね」

「ははは……僕はそもそも、軽音部の部員だと認識されていないらしいので……」

死んだ魚のような目で乾いた笑みを浮かべる篠原くん。

「そもそも上手くないですし……今日だって僕がリズムを乱した……リズムを乱すベースに存在価値があるのか……？　せっかくバンドに誘ってもらったのに……」

ぼそぼそと呟く篠原くんから漂う淀んだオーラに、流石の芹香も気圧されている。

「じ、時間は短いけど、私たちならきっと良い演奏ができるようになるよ」

芹香の言う通り、このバンドには可能性を感じる。

少なくとも俺以外の三人は、そもそも技術的にレベルが高い。

だから、ひとりでも練習して、みんなと同じレベルに追い付きたい。

「……ところで、僕、トライアウト合格しましたかね……？」

「もちろん歓迎するよ。篠原くんのベース、私は好きだよ。やりやすいから」

確かに、篠原くんのベースから覚える印象は「やりやすい」だった。俺のギターを陰から支えてくれるような感覚があり、一緒に演奏していて心地が好い。

それから、芹香は真剣な声音で篠原くんに問いかけた。

「……でも、私たちは今日みたいに本気で練習するつもりだけど、大丈夫？」

覚悟を問う言葉だった。今日は朝から夜まで練習した。芹香はこれが今日一日だけではなく、文化祭まで毎日のように続くと示唆している。それに、耐えられるのか？

「――大丈夫です」

そこだけは力強く、篠原くんは頷いた。

「ほ、本堂さんに誘われた時点で、本気でやる覚悟は、決めてましたから」

芹香は自販機でもう一本缶コーヒーを購入し、篠原くんに投げ渡す。

「おっけ。じゃあこれ、加入記念ね」

慌てた篠原くんはわたわたと手を振り回しながら、何とか缶コーヒーを受け取る。

ほっと息を吐いて缶コーヒーに口をつける篠原くんだったが、その直後に顔をしかめて舌を出した。どうやらブラックは苦手らしい。なかなか挙動が面白いな。

「これで正式にバンド結成、でいいのかな?」

「ははは……岩野先輩はさっさと帰っちゃいましたけど……」

「あの人らしいじゃん。うちのバンドは、個性も大事にする方針なの」

「バンド結成はいいんだが、名前はどうするんだ?」

根本的な部分を問いかけると、芹香は「ううーん……」と唸り声を上げる。

「難題だね……かっこいいバンド名つけたい……」

「シンプルなのにするか、長いのにするか、英語にするか日本語にするかだな」

「絶対英語でしょ。だって英語の方がかっこいいし」

「そ、そうですか? 日本語名でもかっこいいのありますよ。『凛として時雨』とか」

「邦ロックのバンド名だとオーラルが好き」

そんな風にわいわい話していた俺たちの耳に、元気な声がかけられる。

「あれ? ナツとセリーじゃん!」

部室棟全体に響くような声の大きさで、すぐに分かる。

タオルで汗を拭いながら手を振っているのは、部活後の詩だった。

小さい体に纏っている練習着が、なんか可愛い。バスケの練習着は基本ゆったりとした形状だが、詩のは特にぶかぶかだ。練習着が黒を基調としているのも、普段の服装の印象とは異なる。全体的に新鮮で可愛い。汗で濡れているのも正直ちょっと……良い。

いやいやキモいことを考えるな。落ち着け、俺。

「もしかして、バンドの練習？」

詩はそうやって俺たちに話しかけながら、篠原くんに「はじめまして～」と軽く頭を下げる。流石、コミュ強はやることが違うぜ。一方、篠原くんは篠原くんで「僕に……気づいた……？」と呟き、愕然としている。影の薄さに自信を持ちすぎだろ。

「うん。さっき終わった」

「わー、こんな時間までやるなんて、頑張ってるね」

「詩も頑張ってるじゃん。多分、もう練習は終わってるでしょ？」

「うん。今は自主練してるんだ。三年の先輩たちが引退して、スタメン狙うチャンスなんだよね。頑張らないと！　あたしもミオリンには負けてられないよっ！」

詩は芹香にそう説明しながら、ちらりと俺を見た。

何となく求められている言葉を察する。

「頑張れ、詩。美織をスタメンから引きずり下ろしてやれ」

冗談めかして言うと、詩は嬉しそうに笑った。

敬礼のようなポーズを取り、「りょーかいっ！」と白い歯を見せる。

眩しい笑顔だった。この世界で一番に。

「ちょっとちょっと、何勝手なこと言ってくれちゃってんの？」

美織がダム、とバスケットボールを弾ませながら、俺たちに近づいてくる。

服で首元の汗を拭ったせいで、白い肌とおへそが丸見えだった。綺麗な腰のラインがあらわになる。いえ、別に何も思いませんけどね。今でも仕草がたまに男っぽいのは美織らしいけど、もう年齢的にやめた方がいいこともあるんじゃないかなとは思います。

「お前が自主練してるとは、珍しいな」

「まあ……もうちょっと、頑張ろうかなって」

美織はふん、と鼻を鳴らした。ちょっと照れ臭そうにしている。

梅雨時期に起きた騒動を経て、部活に対する意識が変わっているのだろう。

「それにしても、芹香と夏希でバンド始めたって本当だったんだね」

「疑ってたのかよ？」

「そりゃあなたがバンドなんて、信じられないよ」

二人してギター背負っちゃって、と美織は言い、くすりと笑う。

「二人の演奏、聞いてみたいな」

「第二音楽室に来たら、聞かせてあげるよ」

「ほんとに？　じゃあ暇な時に顔出しちゃおうかな」

「でも岩野先輩が怒るかもしれない。私たちは問題ないけど」

「怖い先輩がいるならやめとこうかな……」

わいわい話している俺たちに気づいた女バスの顧問が声をかけてくる。

「そこの貴方たち。もう暗いんだから早く帰りなさい。親御さんが心配するわよ」

はーい、とみんなで返事をする。

女バスの顧問は「いやぁ、青春よねえ」と呟いて去っていった。何だあいつ。

ぼちぼち解散の流れかと思った時、服の裾が引っ張られる。

「ナツ、セリー、一緒に帰ろ？　すぐに着替えるから待ってて！」

詩はたたっと走って部室に戻っていく。

美織は肩をすくめてから、そんな詩の後ろをついていった。

芹香に脇を小突かれる。

「良いご身分だね？」

「……うるさいな。言われなくても分かってるよ」

「……あの。僕はこのへんで失礼しますね……」

今のうちに、とそそくさと離れていく篠原くんの肩をがしっと掴む。

「は、灰原くん……」

「そんなこと言わずに、一緒に帰ろうぜ。な?」

まるでパワー系陽キャみたいな自分の行動に違和感が凄い。でも、ここで篠原くんを逃すと帰り道の男女比がとんでもないことになる。もう男ひとりは嫌なんです。

「で、でも、自分がいてもお邪魔だと思うんですが……」

「そんなことないよ。俺は篠原くんと話してると楽しいから」

「……え? 本当ですか? そ、そんなことを言われたのは、生まれて初めてです」

感極まって涙目になっている篠原くん。罪悪感が凄い。いや、嘘を言ったつもりはないけどね。過去の俺と似ているから共感があるし、それに挙動が面白いから……。

「篠原くんは、どういう音楽が好きなんだ?」

詩たちが戻ってくるまでの間、興味本位で尋ねる。

「……強いて言うなら、オルタナとか、パンクロックが好きです。若者の、社会に対する不平不満とか、そういうのを歌って、何というか、世界に喧嘩を売るというか、爪痕を残そうとするような……熱がある、そういう音楽が、そういうロックが好きです」

「いいじゃん、篠原くん」

俺は思わず笑った。

「いや、その、すみません、いきなり長文語りで……」

好きなことを喋らせると止まらなくなるのは、俺もオタクなので分かる。

篠原くんの本音を聞けたことは嬉しかった。もしかしたら、少しは心を許してくれたのかもしれない。今の俺は、篠原くんから見たら関わりにくい存在だと思うから、仲良くなれるかどうか心配していたのだ。でも、音楽が俺たちを繋いでくれている。

「好きなバンドは？」

端的な芹香の問いに、篠原くんは珍しく躊躇いなく言った。

「ソニック・ユースです」

「最高」

芹香が片手を上げるが、首をひねる篠原くん。

「ほら」と、俺は篠原くんの片手を掴んで、持ち上げた。

芹香が篠原くんの手を叩く。ぱしん、と爽快な音が鳴った。

篠原くんはまじまじと自分の手を眺めている。初めてハイタッチした人の顔じゃん。

「お、女の子の手に、触っちゃった……」

「え、なにその感想。キモ……」

「すみませんキモいですよね口に出すつもりはなかったんですごめんなさい……」

そんな雑談をしているうちに、制服に着替えた詩と美織が戻ってくる。

「よーし。帰ろっか！　今日も疲れたなぁ」

「疲れてるようには聞こえない声のトーンだけどな」

美織がぼそりと呟く。

「夏希に会えて嬉しいんでしょ」

「ちょ、ちょっとミオリン⁉　そんなことないから！」

そんなことないんだ……。普通に俺が落ち込むと詩は慌ててフォローしてくる。

「ち、違……その、そんなことは、ないこともないけど……」

詩にしては珍しく、声量が萎んでいく。

部活後の生徒たちで賑やかな部室棟では、よく聞こえなかった。

バドミントン部の先輩たちが、がやがやと喋りながら俺たちの横を通り抜けていく。いたたまれない空気を漂わせている俺たちを不思議そうに見ていた。

詩は頬を紅潮させながら、「あはは……」と露骨な愛想笑いを浮かべている。

篠原くんはぼそぼそと「死ぬ……青春の炎に焼かれて僕は死ぬんだ……」などと呟きながらたそがれている。美織は肩をすくめて、芹香はエアギターを弾いていた。何で？

「ステージ上のパフォーマンスを考えてる。これは日課」

わけのわからないことを言いながら、ノリノリで体を揺(ゆ)らしている芹香。

思わず美織を見るが、「いつも通りだからほっといて」と苦笑し、玄関(げんかん)に歩いていく。

そんな美織の後に続き、不思議な面子で帰り道を歩き始めた。個性が強すぎる。

＊

帰り道は横幅(よこはば)の関係上、芹香と篠原くんと美織、俺と詩で自然と分かれていた。

華やかな女子二人に囲まれた篠原くんは目を白黒させていたが、頑張ってほしい。

「聞いたよ、セリーに。文化祭でライブやるんでしょ？」

「一応、そのつもりで練習してる」

「楽しみだな。あたし、一番前で手振(ふ)るからね！」

「そりゃありがたいよ。やっぱり観客が白けてるとやりにくいだろうし」

文化祭でライブをするにあたって、それが一番怖いまである。

下手なライブをすれば、そのまま黒歴史直行の可能性もあるのだ。

いや、怖いなぁ……俺、盛り上げるのとか正直あんまり自信ないからなぁ。

「ＭＣの練習しておいた方がいいかな？」

「あはは、それも必要かも。だってナツ、ボーカルでしょ？」

「あー、あー、どうも、ボーカルの灰原です……一曲目、聞いてください」

「ちょっと華がないって！　もっと自信持たないと！」

詩は笑いながら、俺の背中をばしばしと叩いてくる。

つられて俺も笑った。詩といる時は、何でもないことでも楽しく感じる。

「どうなの？　バンドの調子は？」

「今日初めてメンバー全員で練習したんだけど、みんなめちゃくちゃ上手いよ。そこにいるベースの篠原くんも、ドラムの岩野先輩も、もちろんギターの芹香も、こんな人たちが俺と一緒にやってくれるなんて、奇跡だなって感じるぐらいには」

本当に、この三人が軽音部の余り者だなんて信じられない。技術的には、他の軽音部の部員と比べても抜けているんじゃないだろうか。その分、個性は強いけど。

「へぇ！　それは……良いことだよね？」

最初こそ嬉しそうに相槌を打った詩は、俺の妙に低いテンションに気づいたのか、顔色を窺うように尋ねてくる。

「うん。それ自体はめっちゃ嬉しいけど、現状は……俺が足を引っ張ってる」

「え～？　ナツ、あんなに歌上手いのに？」

「やっぱりカラオケとは違うし、ギターとの両立も、なかなか頭が追いつかないんだ」

帰っても練習しないと、と言う俺を見て、詩は何だか不思議そうにしている。

「……なんで、ナツはそんなに頑張るの？」

「なんでって……やっぱり、良い演奏したいから？」

そうなんだ、と詩は頷きながらも、人指し指を立てて尋ねてくる。

「ほら、ナツってセリーに誘われたからバンド始めたんでしょ？　それまではバンドやるなんて話、出てなかったし」

「まあ芹香に誘われなかったら、一生バンドを組むことはなかっただろうな」

「……なんだろ。あんまり、原動力？　てか、モチベーション？　そういうのが見えてこないっていうか。ナツがバンド好きなのは、もちろん知ってるんだけど」

「俺の、原動力か……」

理由ならいろいろある。

芹香が奏でるギターの音色に憧れた。

そもそもバンドを組みたいという願望があった。

二周目の青春で、やらずに後悔だけはもうしたくなかった。

他にも……この場では語りきれないほどに。

でも確かに、胸を張ってそう言えるほどの自信はなかった。

――俺はどうして、ここまで本気でやろうとしているのだろう？

答えは、すっと胸の内から出てきた。

「……かっこいいところを見せたいと思ったんだ」

こんな俺を好きになってくれた人がいる。その気持ちに相応しい自分になりたい。

「……無理は、しないでね？」

そんな俺を見て、詩は優しげな声で言った。

「え？　……ああ、気を付けるよ」

「頑張りすぎると、ほら、疲れちゃうから。最近のナツ、バンドのことばっかりに見えるから、ちょっと心配だな」

「……そうだな。昔から、何かにハマるとそのことばっかりになるんだよな」

「あたしは今のままのナツでも、十分かっこいいと思ってるよ」

純粋に嬉しかった。それは今の俺を肯定してくれる言葉だから。

でも、なんとなく、詩らしくない気遣いだと思う。

その違和感を解消する間もなく、交差点に差し掛かる。

「じゃ、あたし家こっちだから！」

詩の大きな声に、前を歩いていた三人も反応する。

「そっか。詩は電車じゃないもんね」

「うん！　みんなばいばい！　また明日ね！」

と、詩はぶんぶんと大きく手を振りながら去っていく。

その小さな体を大きく使う姿に目を惹(ひ)かれ、詩の後ろ姿を見つめていた。

「健気(けなげ)だね」

「うん」

芹香と美織が、そんな風に頷(うなず)き合う。

「――詩、普段自転車でしょ？」

流石の俺も、言われなくてもそのぐらいは分かっていた。

俺と一緒に帰りたいから、自転車を学校に置いてきたのだろうと。

「やっぱり、モテるんですね、灰原くん」

篠原くんがどこか尊敬の念を感じる瞳(ひとみ)で俺を見ている。

「ぼ、僕も、灰原くんみたいになれたらいいな……」

へへへ、と不気味に笑う篠原くん。芹香と美織は自然と一歩引いた。

「……好かれるより、好きでいる方が楽だぞ」

何となく呟いたその言葉は、秋の夜風に流され、落ち葉と共に消えていった。

▼間章二

昔から他人のことがよく見えた。

大抵のことは自分が予想した通りの結末になった。

失敗することが分かっているのに、なぜそうするのだろう？

幼い頃は、そんなことばかりを考えていた。でも、観察しているうちに気づいた。それが失敗すると分かっているのは、自分だけなのだと。世の中の人間は、それほど深く物事を考えて行動しているわけじゃない。そう気づいてからは世界が簡単に見えた。

だから、自分が予想できない行動をする人間を気に入るようになった。

それは度を超えて馬鹿だった幼い頃の竜也もそうだし、非常に高い能力に反して自己評価が低すぎる夏希もそうだった。こういう人間は面白い。見ていて飽きない。

その中でも一番は、本宮美織だった。

自分で言うのもなんだが、僕は昔から女の子に人気があった。学年で一、二位を争うぐらいには。だから近づいてくる女の子はそれなりにいて、何度かお試しで付き合ったこともあった。だけど恋心を抱くことはできずに別れてきた。もしかしたら自分は人に特別な感情を抱けないのかもしれないと悩んだこともあったけど、それは杞憂だった。

美織の初見の印象は、今までと同じく近づいてくる女子のひとりだ。せいぜい、その中でも特別可愛いな、ぐらいの感想しかなかった。でもそれだけだ。容姿が良いだけで恋心を抱けるなら今までこんな苦労はしていない。だから定型的な断り文句で距離を取ろうとしていたが、美織はあの手この手といろんな手を駆使して僕を強引に連れ出した。

僕に似合う服を探す旅とか言って引きずり回されたり、美味しいケーキ屋さんにどうしても行きたいってごねたり、元々行こうと決めていた映画についてきたり、何にせよ基本的に強引だった。夏希たちを利用したダブルデート作戦なんてのもあったっけ。

でも美織は多分結構頭が良いし、人のことをよく見ている。

だから僕が本気で嫌がっていたら、すぐにやめるのだろう。僕が、美織の強引なところを面白いと感じていることを見抜かれている。その強かな性格も好ましかった。

――だけど、彼女を作るつもりはなかった。

『あいつさぁ、怜太くんに良い顔しすぎじゃない？』

『分かる～。ウザくない普通に？』

『男ウケはよさそうだよねぇ。ああいう大人しい感じって』

『ちょっとさぁ、教えてあげた方がいいんじゃない？　立場ってやつ』

中学時代、僕の曖昧な態度が原因で女子同士の仲が悪くなり、いじめが起きる場面を見てしまった。すぐに気づいて止めはしたけど、僕が原因である以上、僕が止めても本質的な解決にはなり得ない。結局詩がとりなしてくれて何とか収まったけど、その時のことを考えると、僕は恋愛なんかするべきではないんじゃないかと考えてしまう。

『……だから、ごめん。君とは付き合えないよ』

どんどん距離を詰めてくる美織に、そんな話をした。

珍しく本音を語った。本音を語るぐらいには美織のことを気に入っていた。

だけど美織はふるふると首を横に振って、殻に閉じこもる僕を連れ出してくれた。新しい景色を見せてくれた。それは僕の予想外の行動で、だからその背中に惹かれた。

「今はいいよ、それでも」

「怜太くんのクールな顔、笑顔に変えてあげるよ」

この感情が恋だと気づくまでに時間はかからなかった。

初めての恋だった。何としてでも成就させたいと思った。

だけど当の美織は、段々と夏希に惹かれている。本人がそれに気づいているかは分からないけど、外から見ていればすぐに分かる。長い目で見ている余裕はない。

美織の心が揺れている今のうちに、決める必要がある。

僕は自分に自信がある方だけど、あの灰原夏希に比べて自分の魅力が勝っていると思えるほど、自惚れているつもりもない。だから時間は僕に不利になる。

そんな打算で勝算を上げようとするほどに、美織のことを好きになった。

幸いにも、当の夏希はいまだに迷っているらしい。

……多分、本当は答えが出ているのだろう。でも気づかないふりをしている。

夏希は少し、優しすぎるから。

だけど、優しさが人を傷つけることもある。

▼第三章　文化祭に向けて

バンド活動を始めてから、一週間が経過した。

ほとんど毎日、第二音楽室に集まって練習している。

正式な部活のバンドとした方が活動しやすいため、俺は軽音部に入部した。まだ軽音部の他のバンドと関わったことはないが、そのうち挨拶をしないといけないだろう。

「……今の、良い感じだったね」

じゃーん、とギターが歪んでいく音と共に曲が終わり、芹香が顔を上げる。

「よ、よかった……」と、ほっとしたように息を吐く篠原くん。

岩野先輩はいつも通りの険しい表情のまま「……ふむ」と端的に呟いた。

一週間、同じ曲ばかり練習したおかげで、だいぶ安定してきた。

まあ成長したのは主に俺のパートで、他のパートは最初から上手かったんだけどね。

とはいえ、この三人も俺には分からない細かいズレやミスがあったらしく、芹香の指摘で逐一修正していた。芹香自身も、岩野先輩に助言をもらっている場面もあった。

「……夏希も慣れてきたみたいだし、そろそろ次の曲行こっか」

「ようやくか。いつまでも同じ曲ばかり練習するから、気が狂いそうだった」

ため息をつきながら答える岩野先輩。それはそう。練習でも、練習の録音でも、同じ曲を聞きすぎて、もう良いのか悪いのか分からなくなってきたよ……。

「次も芹香のオリジナル曲か？」

「そのつもりだけど、みんながやりたい曲あるなら考慮するよ」

芹香はそう言って、俺たちの顔を見回す。

「俺はお前と、お前の作る曲をやりたいからここにいる」

岩野先輩は淡々と言った。

「ほ、本堂さんの曲、かっこいいから好きです」

篠原くんも、挙動不審になりながら何度も首を縦に振った。

「夏希は？」

「俺も問題ないよ。ただ……」

芹香はギターが上手いだけじゃなく、作曲の才能もある。

今日も練習していた『black witch』は、かっこいい曲で気に入っている。

バンドに加入した当初はてっきり何かのコピーをやるのかと思っていたから、芹香が楽譜を送りつけてきた時は普通にびっくりした。ただし、懸念点が一つ。

「文化祭を盛り上げることを目標とするなら、オリジナル曲だと難しそうだよな」

みんなも知っているメジャーな楽曲のコピーをする方が盛り上げるのは簡単だろう。

「……確かに、知らない曲を歌われても乗りづらいよね」

芹香も難しい顔で額を押さえる。

「そこは実力で黙らせるしかないだろう。そのために何度も練習しているはずだ」

「だ、黙らせたら、盛り上がらないのでは……？」

余計な揚げ足を取る篠原くんを岩野先輩がギロリと睨む。

「ひぃっ⁉　す、すみません……」

「確かに夏希の言う通りだけど、どうする？」

「……解決策なら思いつかなくもない。要は芹香のオリジナル曲を、みんなが知っている曲に変えればいいんだ」

「……それができたら苦労はしないと思うんだけど」

頭上に「？」を浮かべる芹香に、俺は説明する。

「ミンスタとかツイスターみたいなＳＮＳに俺たちの演奏を載せればいい。そうやって宣伝していけば、興味を持ってくれる人もいると思う」

自信はあった。なぜなら、『black witch』は良い曲だからだ。俺たちの文化祭ライブに興味を持ってくれるようなロック好きの人たちの心には、必ず届くと思っている。

それに俺や芹香のSNSはかなり多くの人がフォローしてくれている。決して勝算の低い賭けではない。そう考えていた俺に、芹香が予想外な台詞を告げる。

「それなら、私のミーチューブチャンネルでも宣伝してみよっか？」

「……私のミーチューブチャンネル？」

「うん。一応、登録者四万人ぐらいはいるはず」

「え、えええっ⁉」

驚きすぎて叫んだが、岩野先輩や篠原くんは知っていたらしい。

「軽音部では有名ですよ。少なくとも、軽音部で無名の僕よりは……ははは……」

自らネガティブな発言をして勝手に落ち込む篠原くんにも慣れてきたな。

「ふん……俺は登録者数が百人の頃からチェックしていたがな」

岩野先輩の謎の古参アピールは何なの？　もしかしてただのファンなの？

「見てみる？　一応、弾き語りとか、弾いてみた動画とか上げてる」

芹香がスマホを見せてきたので、覗いてみる。

そこには『可愛い女子高生セリカのギターチャンネル♡』と書いてあった。

「いや、チャンネル名」

「ん？　何か問題ある？」

「いや、嘘はついてないけどさぁ……」

「そうだよ？　だって私、可愛いし、女子高生だし」

その美貌で断言されると、なんかもう文句を言う気も起きない。

芹香のスマホを借りてチャンネルを見てみると、確かに弾いてみた動画や弾き語り動画が主で、たまに雑談動画があるかと思えば、メイクの解説動画もあった。何で？

「てか、普通に顔出ししてるんだな」

「せっかく可愛いんだから、利用しないと損でしょ？」

芹香はわざとらしく上目遣いのあざとい表情で小首を傾げる。クソ、反論できねえ！

試しに最新の弾いてみた動画をタップすると、いつも通りの凄腕ギターが聴こえてくる。

コメントでは『めっちゃ上手い！』『最高です！』『可愛い！』などの大絶賛だ。……ちょっと胸元のガードが甘いのはわざとなんですかね？　というか全体的にちょっと露出多くない？

自分の武器をよく理解しているな……。ちょっと心配だけど。

「大丈夫か？　ここで宣伝したら、学校名を公開することになるぞ？」

「顔出しもしてるし、今更(いまさら)でしょ」

「……いや、やめとこう。ちょっと芹香が危険だし、文化祭が目標なら、外の客に宣伝してもそんなに意味はない。でも、ミーチューブに動画を出すのはアリだよな。ミンスタやツイスターだとフルの動画はアップできないし、こっちに誘導(ゆうどう)してもいい」

「それなら、文化祭の宣伝とかなしでレコーディングした動画だけアップしたら？」

「レコーディングって実際どうやるんだ？」

「バイト先のライブハウスの先輩に聞いてみる。お金はかかると思うけど」

芹香ってミーチューブに動画投稿(とうこう)しながらライブハウスでバイトもしているのかよ。

「……あ、あの。僕でよければやりますよ。レコーディング」

話がまとまりかけた時、勇気を出して手を挙げたのは篠原くんだった。

「え？　篠原くんが？」

「は、はい。一応、やったことはあります。ミキシングもマスタリングも。スタジオで機材だけ借りれば、多分……もちろんプロに比べたら微妙(びみょう)かもしれませんが」

レコーディングをプロに頼(たの)むとなると相応の金額になるだろうし、篠原くんがやってくれるなら非常にありがたい。でも、なんでそんな技術を……？

「ぼっちの音楽オタクはそっち系に逃(に)げるしかないんですよ……ははは……」

「分かる。私もバンド組めないから、DTMで作曲ばっかりしてた」

うんうん、と頷く芹香だが、篠原くんとは方向性が違うと思う。

DTMとはデスクトップミュージックの略で、実際に楽器を録音しなくても、電子楽器を使ってパソコンで作曲できるらしい。俺もよく知らないんだけどね。

「じゃあ、レコーディング関係は篠原くんに任せるよ？」

芹香の確認に、「は、はい……！」と篠原くんが何度も頷く。

「じゃあ宣伝は俺がやるか」

SNSで好きなアニメやラノベの布教活動をしていた経験から自信はある。

「……それなら私は、作曲に集中させてもらおうかな。オリジナル曲はまだ三曲ぐらいあるけど、どれも納得できる出来じゃないから。文化祭に向けて最高の曲にしたい」

「そもそも文化祭のステージって、持ち時間どのくらいもらえるんだっけ？」

「だ、だいたい十五分ぐらいじゃないですか？　やれて三曲ですかね」

「一曲目の『black witch』は自信ある。私の最高傑作だし。で、二曲目の候補はこれなんだけど……DTMで打ち込んできたから、まずは聞いてほしいな」

芹香はそう言って、スマホアプリの再生ボタンをタップした。

ドラムイントロから始まり、鮮烈なギターリフとベースの重低音が一気に入る。壮大でドラマチックな展開。疾走感のある一曲目より、メロディに重みを感じる。

冷たく荒廃した世界を感じさせるようなサウンドだった。激しい曲調の中に、寂寥感や切なさのような感情が入り混じっているように感じる。こんな曲も作れるのか。

「テーマは『過去』とか、『後悔』。歌詞は作ってる途中。でも、曲は良いと思うんだ」

「……うん。俺も、そう思う」

共感がある。というか、俺の心に響くサウンドだ。

意外な印象はある。芹香がこのテーマを、こんな表現にするとは思わなかった。

「それぞれのパートの練習をしながら、歌詞を考えればいい」

「てか、その曲ギター以外は割と適当だから、アレンジ加えてもいいよ」

「わ、分かりました……！　頑張ります！」

首を縦に振りながらベーススラップを披露する篠原くん。めちゃくちゃ上手いのは良いんだが、張り切りすぎてややこしくするのも良くないんじゃないですかね……？

*

時計を見ると、二十時を回ろうとしていた。

練習自体は十九時で終わったのだが、その後も個人練習を続けている。

俺が一番下手なんだから、その分練習しないといけない。

一曲目の『black witch』はかなり弾けるようになったが、まだ題名もない二曲目は覚えきれていない。一曲目よりは遅いテンポなので弾きやすくはあるが、簡単なコードだけで構成されていた一曲目より難しいコードが多い。

篠原くんと岩野先輩は三十分ほど自主練習をしてから、先ほど帰った。残っているのは俺と芹香だけ。でも芹香は鞄とギターを置いてどっかに行っちゃったんだよな。

ガチャ、と扉が開く音。そこにはコンビニのレジ袋を手にした芹香が立っている。

「アイス買ってきた」

「……いいのか？　それ。学校のルール的に」

「駄目に決まってるじゃん」

何言ってんの？　と首をひねりながら部屋に入ってくる芹香。

「心配しなくても、ちゃんと夏希の分もあるよ」

別にそこを心配していたわけじゃないが、突っ込むほど元気がなかった。

流石にこの時間まで練習すると疲れるな。

「はい、雪見だいふく」

「……なんで雪見だいふく？」

「好きって言ってたよ？　美織が。聞いてもないのに」

「まあ確かに好きだけどさ……」

あの女、人の好きなものをペラペラと……いや別にいいんですけどね。

一方、芹香は隣に座ってピノを食べていた。二人並んで無言でアイスを食べ進める。

何だこの奇妙な空間は……。これも青春なんだろうか？　分からん。

「あの二曲目の作詞、詰まってるのか？」

「ん。何回か作ったんだけど、納得いかなくて没にしてる」

芹香は続けて言った。

「私、作詞苦手なんだよね」

「そうなのか？　『black witch』の歌詞、俺は好きだけどな」

「あの曲はストレートに私の心情を描いて、それを英訳してるだけだから」

「二曲目も、その方法論じゃ駄目なのか？　『過去』や『後悔』がテーマなんだろ？」

「……言葉にできる気がしないんだよね。曲にすることはできるのに」

芹香にとっては、言葉で伝えるよりも音で伝える方が簡単なことなのだろう。これまでのバンド活動で、それは何となく分かっていた。普段は見えにくい芹香の感情は、曲調の変化やギターの音色を通じて、如実に伝わってくる。今が楽しいということも、過去が悲しいということも、未来が怖いということも……音楽が、俺たちを繋げている。

バンド活動を始める前よりも、芹香に対する理解が深まっている。

「ねぇ夏希、作詞やってみる？」

「……俺が？」

「うん。夏希ならできると思うんだ。この曲の、作詞」

同じように芹香も、俺の声やギターの音色を通じて、俺に対する理解が深まっているのだろう。『過去』も『後悔』も、今ここにいる俺の基盤になっているのだから。

「……分かった。やってみるよ」

芹香の提案をすっと受け入れられたのは、それが理由だった。

*

「うーん……」

やってみるとは言ったものの、そう簡単に上手くはいかない。

俺は試しに歌詞を書いた紙を、ぐしゃぐしゃに丸めてゴミ箱に投げ捨てた。

日曜日。今日は芹香と篠原くんがバイトで、珍しく活動がない日だった。

俺は喫茶マレスの店長に頼んで、文化祭まではシフトをかなり減らしているが、入ったばかりの篠原くんはそうもいかない。芹香もライブハウスのバイトがあるらしく、岩野先輩も塾に通っている。最初の一週間は上手いこと噛み合っていたが、これから予定を綿密に調整しないと練習できない日が増えるだろう。予定調整は俺の仕事かな。芹香はそういうのが得意なタイプには見えない。ＲＩＮＥのスケジュール機能を使って……と。

『私のバンド』のグループチャットでゴチャゴチャやっていたら、通知音が鳴る。

星宮からチャットが届いていた。

内容は『新作の相談があるんだ』というもの。

そうだ……俺も作詞について、星宮に相談してみるのもアリじゃないか？

小説と歌詞は違うとはいえ、言葉で表現することに変わりはない。

星宮なら何か良いアドバイスをくれるかもしれない。

あまり時間もないし、ひとりでずっとうだうだと悩んでいても仕方がない。

『今日はひま？』と送ってきた星宮に、頷きの意味を示すスタンプを送ってから、『俺も相談あるんだ』とチャットを送ると、『そうなんだ？』と返ってくる。

それから星宮は喫茶店の住所を送ってくる。俺も知らないお洒落な店名だった。

『ここのパンケーキが美味しいって聞いたんだ！　行かない？』

少し悩んでから、俺は『おっけー！』と返信し、服を着替えて家を出た。

＊

高崎駅で星宮と合流する。

天気予報によると、この土日は寒波で気温が下がるらしい。確かにそろそろ一枚だと肌寒く感じるだろうな。俺はTシャツの上にカーディガンを羽織っていた。

「あっ、夏希くん！」

俺を見つけてぱぁっと表情を明るくした星宮が、たたたっと駆け寄ってくる。

黒いシャツの上にブラウンのキャミソールワンピース。秋らしいコーディネートだ。

「おはよう、星宮……って、もう昼か」

「ふふ、そだよ？　早くパンケーキ食べたいな」

パンケーキで昼食を済まそうとするあたり、女子って感じがする。

果たして健全な男子高校生である俺がパンケーキだけで足りるだろうか。

「パンケーキって見た目より量あるから、油断しない方がいいよ？」

「そうなのか……」

星宮と話しているだけで、周りの視線が集まっている。

「あの子、可愛くね？」

「うわ、アイドルみたい……」

「くそー、俺も可愛い彼女がいたらなぁ……」

すれ違った大学生らしき男子たちの声が聞こえ、ふと星宮と目が合う。

「なーに？」

「……可愛いよ、今日の星宮は。いつも可愛いけどさ」

そう伝えてから、歩き出す。あえて星宮の表情は見なかった。少し経ってから、星宮が慌てて俺の隣に並ぶ足音が聞こえる。ぽつりとした呟きが、確かに俺の耳に届く。

「……わたしは、可愛いより、綺麗って言われる方が好きですけど？」

それは本音でもあるのだろうけど、この場においてはどう見ても照れ隠しだった。ちらりと隣を一瞥すると星宮は真っ赤な顔で不満げに俺を睨んでおり、目が合うと、どんと肩で肩を押してきた。最近の星宮は暴力（？）に訴える傾向が強いな……。

「どうなの？　バンド活動の調子は？」

「多分文化祭で三曲ぐらいやるんだけど、一曲目はほとんど完璧……でも、二曲目の歌詞がまだできてないんだよ。三曲目をどうするのかも芹香は迷ってるみたいだし」

「へぇー、三曲もやるんだ。楽しみだなぁ」

「そこも確定じゃないけどね。文化祭ステージのスケジュール次第」

「ていうか、オリジナル曲やるんだね。それって芹香ちゃんが作ってるの？」

「だいたいそうなんだけど……星宮に相談したいのはそこなんだよ。二曲目の歌詞を俺が作ることになって行き詰まってるから、何かアドバイスもらえないかなーって」

「わ、わたしが？　作詞なんてやったことないよ？」

「でも、小説書いてるじゃん？　何か通じるものあるかなって」

「うーん……夏希くんの頼みだし頑張るけど、役立つかは保証できないよ？」

「それでもいいって。人と話せば何か思いつくかもしれないし」

そう話しているうちに、目的の喫茶店に到着する。

混雑していたが、五分ぐらい待っていると窓際の席に案内された。

とりあえず俺はコーヒーを、星宮はミルクティーを頼み、ほっと一息。

「……じゃあ、俺の相談からでいい？」

星宮が頷いたので、ポケットからスマホとイヤホンを取り出す。

「これが二曲目なんだ。ちょっと聞いてみてほしいな」

星宮がイヤホンを装着したところを確認し、再生ボタンをタップする。三分間、星宮は目を閉じたまま、じっと音楽を聞いていた。曲が終わったタイミングで目を開ける。

「……うん。なんか、激しいのに、悲しい気持ちになる曲……」

「テーマは、『過去』と『後悔』らしい。それを元に、俺が書いた歌詞がこれ」

一枚の紙きれを星宮に手渡す。自分でもまだ納得はいってないが、今まで書いた中で一番マシだと思ったものだ。星宮はもう一度曲を再生しながら、その歌詞を見る。

「この歌詞が駄目だとは別に思わないけど……」

星宮は難しい表情で紙きれを見つめたまま、ミルクティーに口をつける。

「なんか、伝わってくるものがないかも」

「伝わってくるもの？」

一応、俺の感情を描いたつもりだった。

でも何かが違う。何かが足りないことは分かる。

「うん。自分の過去がどういうもので、何を後悔しているのかは何となく分かるけど、そこから何を伝えたいのかが分からない」

いまいち要領を得なかった。

星宮も俺に伝わる言葉を探している。

「この曲に合う歌詞だとは思うよ。でも……暗いだけなのも、悲しいだけなのも、寂しいことしか言わないのも、なんか、夏希くんっぽくない気がするな」

「そうなのかな、俺は……」

――本当は、そういう人間だ。

自分の感情を表現しようとすれば、どうしてもその事実から逃げられない。

そんな俺の言葉の続きを見透かしたように、星宮は言った。

「分かるよ。わたしもそう。でも、夏希くんは変わろうとしてるんでしょ？」

そうだ。俺は自分を変えようとしている。

情けないだけだった自分から、かっこいい自分へ。

今度こそ後悔をしないように。灰色だった青春を変えるために。

「この曲で夏希くんは何を伝えたいの？」

星宮は問いかけてくる。

それは理想を追求する創作者の目だった。

「過去も後悔も、未来に活かすためのものでしょ？」

少なくとも俺に、その発想はなかった。

後悔をやりなおすために、過去に戻ってきた俺には。

だからこそ、星宮の言葉は胸に刺さった。

「本当は弱い人間ですって言いたいだけなら、それも良いと思うけど……わたしの好きな夏希くんとは違うかな。だから変わるんだって、そう言えるのが夏希くんでしょ？」

最後の方だけ少し早口で星宮は言う。

「……照れるなら言わなくてもいいのに」

「う、うるさいなぁ。今真剣なんだよ、わたしは」

「ごめん」

素直に謝ると、星宮は穏やかに微笑する。

「わたしはね、かっこよくなろうとする夏希くんのこと、かっこいいと思う」

その言葉は、するりと俺の心に染み渡っていった。

「だから、これからもそう在ってほしい。これはわたしの願望だけどね」

常に前を向いて歩けと、星宮はそう言っている。

現状に満足せず、今日よりもかっこいい自分になれ、と。

「……なかなか厳しいんだな？」

「わたしはね、夏希くんの背中を押してあげる人で在りたいんだ」

――君がわたしの背中を押してくれたように、と星宮は言葉を続ける。

「わたしと夏希くんは、そういう関係で在りたいな。それぞれ目指してるものに向かって頑張って……でも、困った時や辛い時は、支え合っていけるような……」

言葉の途中から星宮は恥ずかしくなったのか、急速に頬を紅潮させていく。

「……どうして？」

「……そんなの、言わなくても分かるでしょ」

ぷい、とそっぽを向いた星宮のことが、無性に愛おしくなった。

「……そうだな」

かっこよくなろうとする俺が、かっこいい……か。

そんな風に言ってくれたのは、星宮が初めてだった。

変わろうとしたのは一度や二度じゃない。でも、笑われてばかりだった。タイムリープして他の人よりも多くの人生経験を積み、ようやく少しは上手くいった気がした。

そうやって変わった後の俺を、かっこいいと言ってくれた人は何人もいた。当然それは嬉しかった。俺の努力を認めてくれた証だから。でも、その過程に目を向けてくれたのは星宮だけだった。それだけのことで、なぜか涙が出そうなほど嬉しかった。

「と、とにかくさ……この歌詞の中にも、そういう夏希くんが見たいなってだけ」

ただ前向きなだけの曲が嫌いだった。

輝かしい夢や、希望を歌う曲が嫌いだった。

きらきらとした青春を歌う曲も嫌いだった。

かと言って、ただ後ろ向きなだけの曲が好きってわけじゃなかった。

俺は、臆病ながらも前を向こうとする曲が好きだ。

そのことを、ふと思い出した。

「ありがとう星宮、参考になったよ」

見えてきた。俺がこの曲の歌詞で目指す方向性が。

「お待たせしましたー」

そこで、店員が俺たちのテーブルにパンケーキを運んでくる。

メニューで見るよりも大きく分厚いパンケーキに、たっぷりとメープルシロップが投下される。あの、どうして女子って普段ダイエットダイエットって言うくせに、こんな太りそうものばかり食べるんですかね？　とは思うけど言わない方がいいことは分かる。

「わぁ、美味しそう」

星宮はパンケーキを見て、嬉しそうに頬を緩める。

「いただきます」と手を合わせ、食事を始める姿が可愛らしい。

「……そ、そんなに見られると、食べにくいな？」

「……あ、ああ。その、悪い……」

妙にいたたまれない空気に耐えつつ、パンケーキを食べ進める。

「今書いてるのはね、ＳＦ要素ありの青春恋愛ものなんだけど——」

それから星宮の新作の相談を受けた。

どうやら中盤の展開で行き詰まっているらしい。

「単純にキャラを増やしてもいいんじゃない？」とか「俺がよく見る漫画とかだと、そこで謎の眼鏡キャラが解説始めたりする」とか「ヒロイン増やそうぜ」とか何の役にも立たなそうな意見を並べ立てていたが、星宮はその度にころころと笑っていた。

「ありがと、夏希くん」

俺は星宮のアドバイスがめちゃくちゃ参考になったが、俺から星宮へのアドバイスは何の役にも立たないのがシンプルに申し訳ないな……。社交辞令まで言わせちゃった……。

話し込んでいたら、星宮が腕時計を見る。

「ごめん。そろそろ」

「門限か？」

「門限はもうちょっと遅くしてもらったけど、あんまりパパを心配させるのもよくないからねー。今日はそろそろ帰るよ。付き合ってくれてありがとね」

「ああ。また学校で」

どうやら家族関係は良い方向に向かっているらしい。

穏やかな星宮の笑顔が、それを如実に語っていた。純粋によかったと思う。

別れ際、駅のホームで、星宮がもう一度俺を呼んだ。

「夏希くん！」

星宮は拳の形を作った右手を上げて、力強い声音で告げる。

「頑張れ！　ライブ、楽しみにしてる！」

「――任せろ！」

と、前回の反省を活かして、俺はかっこつけて断言した。

＊

放課後。第二音楽室に向かうと、なぜか芹香が入り口に立っていた。

誰かと話し込んでいるらしい。芹香の正面に立っているのは、背が高く細身の男子生徒だった。眼鏡をかけているが、笑顔もあいまって爽やかな印象を受ける。

「あ、夏希」

「うん？　この子が新入部員？」

「そう。灰原夏希。うちのバンドのギターボーカル」

「どうもどうも、俺は鹿野翼。一応軽音部の部長やらせてもらってる。よろしく」

「あ、灰原です。すみません挨拶が遅れて……」

「いやいや、バンドが違うとなかなか機会がないよねー」

気さくで話しやすい人だな。でも、なんで第二音楽室にいるんだろう？

「ほら、文化祭が近いでしょ？　うちも本格的に練習しないとなって感じで、練習に使えるのは部室と第二音楽室だけだから、ちょーっと調整お願いしたいなって」

「最近まではずっと私らがここ独占してたからね」

「そーそー。ま、俺らも、もう一個のバンドも週二ぐらいしか練習してなかったから、部室だけで回せてたんだけどさ、これからはそうもいかないから。な？」

部長にそんな頼み方をされたら、断れるはずもない。

というか普通に正論だ。俺たちが独占していい場所じゃない。

「じゃあ明日からＲＩＮＥでスケジュール調整するから、よろしくねー」

部長はそう言って去っていった。ノリの軽い人だ。話しやすくて何よりだが。

「あれが部長。何でも弾けるけど強いて言うならドラムが上手い。やる気ないけどね」

芹香は肩をすくめながら第二音楽室に入る。

どうやら今日までは俺たちが使っていいらしい。

「あの人たちが練習始めると、文化祭が近づいてるって感じがするね」

「そんなにやる気ないんだ？」

「普段は部室に集まっても麻雀とかトランプやってるよ。下手じゃないんだけどね。特に部長のバンドの方は、才能は感じるんだけど。もったいないよね」

そんな感じの環境なら、芹香が浮くのは当然だろうな。

悪い人じゃないんだろうけど。モチベの差は仕方ないとは思う。

「明日からは練習できない日が増えるかもね」

「どうする？」

「私がよく通ってたスタジオ借りるよ。お金はかかるけど」

「まあお金は仕方ないな」

スタジオ練習か。まあ第二音楽室に慣れすぎていたし、気分転換にも悪くないだろう。

「チャンネルの収益とバイトの収入あるし、私が何とかするよ」

「芹香に頼りきりなのは俺が嫌だな。俺だってバイトの収入あるから大丈夫」

「そう？　ギター買ったばっかりじゃん」

「そこは何とか工面するよ。芹香が気にすることじゃない」

いくら芹香が俺たちに比べお金を持っているからと言って、頼るのは良くない。お金の問題は平等にしておかないといずれ問題になる。これは過去から学んだ経験則だ。

「歌詞の調子はどう？」

「一応、作ってきたぞ」

おかげで今日は寝不足だ。星宮のアドバイスを受けてから、徹夜で作成した。自分ではそこそこ納得できる出来になったと思っているが、芹香の評価はどうだろうか。

俺が渡した紙きれを、芹香はじっと見つめている。

どきどきと心臓の音がする。

自分の作詞の評価を待つ時間が、こんなに長いとは……。

「うん、良いじゃん。夏希を信じてよかった」

やがて、芹香は親指を立てた。

「本当か？」

「うん。夏希らしい歌詞だね。そっか、これが夏希の伝えたいことなんだ」

芹香は紙きれを眺めながら、何度も頷いた。

「一週間ぐらい経ったから、どうなることかと思ったけど」

「それについては悪かったよ」

「最高の歌詞が出来たんだから問題ないよ。それで、曲名はどうするの？」

「ああ、『モノクロ』にしようかと思ってる」

「ふうん……なかなか深いね？」

何を以て深いと言っているのか分からなかったが、とりあえず頷いておいた。

「ようやく二曲目が完成したのか？」

岩野先輩が第二音楽室に入ってきたので、「すみません」と頭を下げる。

「うん。良い曲になったよ。でもこの歌詞なら、ちょっと曲を調整したいかも」

「そうか。分かった。まだ時間はある。篠原が来たら話し合おう」

「……あ、すみません、その、もういます……」

篠原くんの声が聞こえて、みんなの目が点になる。

でも流石に篠原くんの唐突な登場にもそろそろ慣れてきたな……。

「なぁ芹香。三曲目はどうなってる？」

「……二曲目も完成したし、そうなるよね。うーん、どうしようかな」

「もし決まってないなら、俺が歌詞を考えてもいいか？」

俺の提案に、芹香が目を見開く。

まあ俺も自分がこんなことを言い出すとは思ってなかった。でも『モノクロ』の歌詞を書いてから、自分の中に伝えたいことがたくさんあることに気づいた。

『モノクロ』にその大半は詰め込んだ。でも……俺にはまだ伝えたいことがある。

「……分かった。この歌詞を作ってくれた夏希を信じる」

「作曲のことは分からん。本堂がそう判断したなら、任せる」

「ぼ、僕も灰原くんを信じますね……！」

バンドメンバーは口々に言う。

素人の俺にこんな言葉をくれるなんて、本当にありがたいことだった。

「よし。練習始めるよ」

芹香が手を叩き、セッティングを始める。

文化祭が近づくごとに、徐々にみんなの気迫を感じてきた。

一曲目『black witch』から二曲目『モノクロ』へ。激しく荒々しい嵐のようなサウンドが急激に冷たく重くなる。芹香が打ち込んだＤＴＭよりも、岩野先輩のドラムも篠原くんのベースも、静と動の切り替えがはっきりしていて聞き心地が良い。何より芹香のギターの音色は、やはり生演奏だと迫力が違う。エフェクターのペダルを踏み込んだギターの音色が歪み、リズム隊が作った音の土台の上で暴れ回る。

曲のテンションが最高潮に達するタイミングで盛大にハイハットが叩かれ、すべての音が消える。Cメロは俺のアカペラから、大サビが近づくにつれて、ドラム、ベース、俺のリズムギターと音が追加されていく。芹香のリードギターが俺たちが作ったサウンドに絡みついたタイミングで、自分で作った歌詞を叫んだ。音楽が世界に満ちる。

ああ、楽しいな。ここは本当に居心地が良い。汗が目に入っても、激しいストロークを続けた腕がつりそうになっても、声が嗄れそうになっても、音楽を作り続ける。

きっと今、この四人は同じ気持ちだと思った。

今までのどの練習よりも、今回は明らかに噛み合っている。

永遠に続けていたいと思った。でも音楽には、必ず終わりがやってくる。

曲が終わりを告げてからも、しばらく誰も喋らなかった。

「……今のクオリティを、ライブでも出せるようにしないとね」

芹香の言葉に、俺含めみんなは頷いた。

ボーカルとギターの両立も、だいぶ上手くやれるようになってきたな。

それでも、まだ足りない。やはり俺が足を引っ張っている。

もう少しだ。もう少しで届く。理想の演奏に近づいている実感はある。

＊

練習後はギターを弾きながら、三曲目の歌詞を考えていた。

二曲目の『モノクロ』の歌詞は、俺自身の失敗のせいで灰色の青春を過ごしたという過去と後悔を描いた上で、それでも前を向く意志を示すものにした。

今の俺の気持ちを――虹色の青春に変えるんだという気持ちを、そのまま表現した。

その結果、暗闇の中に見えた一筋の光を掴みに行くような、そんな曲になった。

星宮のアドバイスのおかげだ。

三曲目は……どうするのが良いだろう。

「悩んでいるのか？」

部屋に戻ってきたのは岩野先輩だった。

芹香はギターの弦が傷んでいるらしく、楽器屋に寄って帰るらしい。篠原くんは遅い時間からバイトのシフトを入れていて、練習が終わるなり慌てて飛び出していった。

つまり残っているのは俺と岩野先輩だけ。

岩野先輩は自販機で買ってきたのか、二本の缶コーヒーを手にしている。

「無糖と微糖、どっちが良い？」

「無糖で」

「無糖は俺が飲むからお前は微糖だ」

じゃあ、なんで聞いたんですかね……？

と思いつつも微糖の缶コーヒーを受け取り、プルタブを開ける。

まあ奢られておいて文句は言えない。

段々と、ホットが美味しい季節になってきたな。でも甘いなぁ……。

岩野先輩は缶コーヒーを片手に、俺をじっと見据えていた。

「灰原は、なぜバンドをやろうと思った？」

「……それ、最近よく聞かれるんですよね。理由はいろいろあります。でも気づいたんですよ。結局一番の理由は、かっこいいところを見せたいと思っただけなんだなって」

「……好きな女に、か？」

無言で頷く。岩野先輩は、珍しくその表情を緩めた。

「バンドをやる理由なんて、ほとんどはそんな感じだろうな」

「……岩野先輩もそうだったんですか？」

「最初はモテるためだった」

「……え？」

目が点になった。しかし真顔を保ち続ける岩野先輩に、思わず噴き出す。

「なぜ笑う。俺は女子にモテたかったんだ。何か文句があるか？」

「い、いや、別に文句はないですけど……はっはっは……」

意外すぎる。というかそれが目的なら、バンドを始めるより前にやれることがもっとありそうな気もするが。普通に、もっと硬派な理由なのかと思っていた。

「今も同じなんですか？」

「いや、今からモテても仕方ないだろう。俺はこれが終わったら受験勉強だ」

妙に現実的なのが岩野先輩らしい。岩野先輩は飲み終わった缶コーヒーを近くの机に置くと、ドラムスティックを握る。たたたん、とビートを刻み始めた。

「お前は知らないだろうが、俺はこのバンドに入る前、三年生のバンドにいた」

芹香からちらっと聞いた気はする。岩野先輩は三年生バンドの唯一の二年生で、三年生が引退すると共にフリーになり、それから誘われないまま余り者になっていたと。

「そこに俺にドラムを教えてくれた師匠がいた。師匠は何でも弾ける人で、そのバンドではベースをやっていた。いつも元気で、リーダーシップがあり、可愛らしい人だ」

語りながらも、ドラムを叩き続ける。

バスドラ、スネア、ハイハット、スネア。流れるように叩いていく。

いざ見ていると本当に上手い。丸太のような腕から迫力のある音が叩き出される。合間にドラムスティックをくるりと回す余裕もある。表情だけがいつも怖いけど。

「こんな絡みづらい俺にも話しかけてくれる優しい人だった」

「……好きだったんですか？　その人のことを」

何となく話の流れを察して尋ねる。岩野先輩は少し黙ってから口を開いた。

「最近彼氏ができたと嬉しそうに語っていた」

コーヒーを噴くかと思った。

ゴホ、ゴホ、と何とか気管に入ったコーヒーを戻す。

「それはその、何と言いますか……」

「別に気を遣う必要はない。俺は師匠がその人のことが好きなのはずっと前から知っていたし、応援もしていた。師匠が幸せになれたのなら、それが一番だと思っている」

岩野先輩の淡々とした口調に対して、ドラムが物悲しい響きに聞こえる。

きっとすべてが本音ではないのだろう。でも、心の整理はついているようだ。

「俺は文化祭のライブで、師匠の幸せを祝福しようと思ってる」

「そいつは……何というか、最高にロックですね」

「そうだろう？　最高の演奏を届けるつもりだ。最初はどうなることかと思ったが、今の俺たちならできると思っている。だから灰原、三曲目の歌詞は頼(たの)んだぞ」

「……なかなかプレッシャーかけてきますね？」

「お前にはそのぐらいで丁度いいだろう。お前の人となりは掴めてきた」

　ふん、と岩野先輩は僅(わず)かに笑う。俺も岩野先輩のことはだいぶ分かってきた。この人は見た目が怖くて口調がぶっきらぼうなだけで、本当は普通の優しい男子高校生だ。

「了解(りょうかい)です。やってやりますよ」

　少しだけ距離(きょり)が縮まった気がして嬉しくなった。

　同時に、文化祭までのバンドだということを思い出して、寂しくもなった。

*

　授業中に眠(ねむ)りこけていたら、いつの間にか先生が目の前にいた。

「学年一位だからって寝(ね)てていいことにはならないぞ？」

　今年から配属されたらしい若い女性の先生が、満面の笑(え)みで俺を眺めている。

「すみません。先生の声が心地よくて」

「ふふふ、そんな言葉では誤魔化されないぞ？」

そんなわけで俺だけ課題が追加された。理不尽な！　理不尽ではないか。不満の意思を込めて先生を見つめていたらガン無視されて授業が終わった。

隣の星宮が「あはは、どんまい」と慰めてくる。

何にせよ、昼休みが訪れた。

「行こうぜ、飯」

「はいはい」

竜也の言葉に頷き、財布を持って立ち上がる。

星宮たち女子陣は、今日は他の友達と食事をするらしい。

「怜太は？」

「あいつは今日本宮と一緒だよ」

竜也が指差した方向を見ると、怜太と美織が並んで歩いている。

美織が俺に気づいたのか、軽く手を振ってきた。俺も軽く手を上げて応じる。

どうやら上手くやっているらしい。こうしてみるとお似合いの美男美女カップルだ。

「なんか課題追加されてたじゃねーか？」

「ああ。よく見たら大した課題じゃなかったから、いいけどさ」

「まあ学年一位のお前に大量の課題ふっかけたところであんまり意味ねえだろうし。でも珍しいな。優等生のお前が授業中に寝てるなんてよ。部活で疲れてんのか？」

「そうか？　俺は割と寝てるぞ。今まではバレなかったけど」

食堂の券売機でチケットを買う。今日はカレーの気分だった。大盛りにしとこ。

「でも疲れてるのはあるな。昨日も作詞してたら夜遅くなってたし」

「なんか大変そうだな、バンド活動」

「それなりに。充実してるからいいんだけどね」

大盛りカレーを受け取り、竜也の対面に座る。竜也は唐揚げ丼だった。

そういえば竜也と二人きりは久しぶりだな。最近は女子陣も一緒か、怜太も入れた三人で昼食を取るかの二択だった。竜也は大口を開けて唐揚げを放り込んでいる。

「……お前、結局どうする気なんだ？」

竜也は唐揚げを飲み込んでから、コップに入れた水を一気に飲み干す。

「……詩のことか？」

「ああ。何を今更迷ってんだ？」

竜也は俺と目を合わせなかった。唐揚げ丼を食べ進めながら、言う。

「ここ最近のあいつは……ちょっと見てられねえ」

「空元気なのは、何となく分かってたけど……」

「お前がふらふらしてるから不安なんだよ。でも、それを隠そうとしてんだ」

「……悪い」

悩んだ末に、結局それしか言葉が出てこなかった。

「……別に、お前に責任があるわけじゃねえのは分かってんだけどよ」

竜也はこつんと自分の額を拳で叩き、ため息をついた。

「……あいつを幸せにしてやれよ」

あえて明言はせずとも、今の俺たちが置かれている状況は把握しているのだろう。

『俺は諦めねえからな』

……たとえかつての自分の言葉を、捻じ曲げることになったとしても。

それでも、好きな女の子の幸せを祈っている。その隣に自分がいないとしても。

俺は何も言わなかった。竜也に伝える言葉に持ち合わせがなかったから。

*

放課後は初めてのスタジオ練習だった。

いつもより音響も設備も良い。お金はかかるけど、その分の価値はある。

今日は『black witch』と『モノクロ』のレコーディングも行うつもりなので、気合を入れていかないとな。

「一応、三曲目の歌詞作ってきたよ。まだ納得はいってないけど」

そう言って芹香に渡す。

芹香はじっと歌詞を眺めてから、小首を傾げる。

「悪くないと思うけど……納得してないんだ？」

「うーん……肝心な要素が足りていないような、そんな気がする」

芹香は「ふうん」と答えてからもじっと歌詞を眺めていたが、ふと顔を上げる。

「でも、大部分はできてるよね？　私はいったんこれを元に作曲してみるよ。夏希は引き続き歌詞、考えてきて。文化祭も近づいてきたし、時間短縮していかないとね」

「悪いな、芹香。よろしく頼む」

「任せて。夏希の愛が伝わる曲にしてあげる」

その言葉を聞いて、微妙な気持ちになった。頬をかきながら尋ねる。

「……やっぱり、分かるよな？」

「こんなのどう見たってラブソングだよ。隠せるわけないじゃん。てか、歌詞読んでるだけの私が顔熱くなっちゃった。あーあ、まったく、青春してるね、夏希」

「やかましい」

それぐらいしか反論できなかった。

普通に恥ずかしい。顔が熱くなってくる。

「私は好きだよ、こういう青臭い歌詞」

「……そうかよ」

「曲名は決まってるの？」

芹香の問いに答える。

すると芹香は珍しく、楽しそうに笑った。

「大好きじゃん」

「……うるさいな。レコーディング始めるぞ」

ぱん、と手を叩くと、何やら話し込んでいた篠原くんと岩野先輩が振り向く。

いつの間にかあの二人も仲良くなってきたな。

やはりリズム隊として通ずるものがあるのだろうか。

「そういや結局バンド名ってどうするんだ？」

ふと思い出した話題を振る。反応したのは芹香だった。

「確かに」

「候補なら考えてきたぞ」

そう言ったのは、意外なことに岩野先輩だった。

「俺たちは灰原以外、軽音部の余り者の寄せ集めバンドだろう？」

「ま、まあ、そうですよね……特に僕は……ははは……」

「だから普通に英訳した。寄せ集めは『mishmash』と訳せるらしい。そして、余り者はいろいろ訳せるが、『leftover』が一番かっこいい。これを組み合わせて――」

岩野先輩は俺が持ってきた三曲目の歌詞の紙の裏面に、スペルを書き記していく。

「――『mishmash leftovers』なんてどうだ？」

「良いじゃん。そのまんまだけど」

「俺たちにはそのぐらいが丁度いいだろう」

「略称は？　ミシュレフとか？　なんか可愛いな」

「フルだとかっこいいのに略したら可愛いの良くない？　私は好き」

「ぼ、僕もそれが良いと思います！」

というわけで、そういうことになった。

＊

休憩のタイミングで外に出ると、ついてくる気配があった。

「篠原くん？」

「……すごいですね。背後の僕に気づくなんて」

「暗殺者みたいなこと言ってない？」

「将来の職業としてワンチャン考えてます」

篠原くんも慣れてきたのか、こういう冗談も言うようになってきた。

……うん、冗談だよね？？？

それから、壁に背を預けている俺の隣に並んだ。

多分、何か話があるのだろう。

でも篠原くんみたいなタイプは急かしてもよくない気がする。

だから黙っていると、篠原くんは急に頭を下げる。

「……あの。ありがとうございました。このバンドに、僕みたいなやつを誘ってくれて」

「最終回か？　まだ文化祭の準備期間も始まってもないぞ」

「す、すみません。でも本当に、感謝してるんです。灰原くんが誘ってくれなかったら、僕はずっとひとりのままだった。こんなに楽しい日々を送れはしなかった」

「……それは、何よりだな」

実際のところ、篠原くんがこのバンド活動に対してどういう感情を抱いているのかは気になっていた。誘った側の俺や芹香、明確な目的がある岩野先輩と違って、篠原くんについては無理やり引き摺り込んだようなものだからな。

もし居心地が悪いと感じているなら、できる限り改善しようとも考えていた。

「ここにいられるだけで、奇跡だと思ってます」

……ああ、こいつは良い奴なんだな。

「だから灰原くんに、本堂さんにも岩野先輩にも、恩返しがしたいんです。ライブで最高の演奏をして、皆さんの望みを叶えたい。僕には、それぐらいしかできないので」

「そうしてくれたら、十分だよ」

篠原くんのベースは、俺たちのサウンドを確かに支えてくれている。暴走しがちな芹香と不安定な俺のギターを、陰から密かに制御してくれているのは篠原くんだ。

目立たないけど確かな技量を感じる。篠原くんらしいスタイルだ。

「なぁ、その灰原くんっての、そろそろやめないか？」

「え。それじゃあ、なんて呼べば……？」

「夏希でいいよ。俺も鳴って呼んでいいか？」

「えっ⁉　俺の下の名前、覚えてるんですか？」

「驚くとこそこかよ――鳴」

笑いながら言うと、篠原くんも表情を緩めた。

「分かりました――夏希。で、いいんですよね？　……家族以外の人を下の名前で呼んだのも、自分が下の名前で呼ばれたのも初めてです。なんだか不思議な気持ちだ」

「でも、悪くはないだろ？」

「そうですね。友達ができた気分です」

「何言ってんだよ。俺たちはとっくに友達だろ」

「えっ⁉　僕と夏希って友達なんですか⁉」

「……いや普通に傷つくけど？」

俺のメンタルはガラスだぞ。

「いや、その、すみません……。僕なんかが灰原くんの、あ、いえ、夏希の友達になんてなれるわけがないと勝手に思ってまして……だから、決して嫌というわけでは……」

「ならよかった。危うく俺のガラスのメンタルが砕けるところだった」

ははは、と乾いた笑いを浮かべる篠原くん――いや、鳴。

「ありがとな」

「はい？」

「急にバンドに誘って、こんな猛練習をしたって普通はついてきてくれないのに。鳴が俺たちと同じモチベーションでやってくれたから、俺たちは迷うことなくやれたんだ」

だから感謝してるのは、俺も一緒なんだ。

「こんなに良い曲も作れたし」

先ほどレコーディングを終えたPCを指差しながら言うと、鳴は首を横に振る。

「まだ仮ミックスなんで。もっと良い出来にしますよ」

「マジで？　そりゃすごいことになるなぁ」

「まず曲が良いんですよ。それに本堂さんのギターと、夏希の歌声と、岩野先輩のドラムが良い。だから、こんなにかっこいいんです。僕のベースで支える甲斐がある」

鳴はそう言ってから、空を仰いだ。

「文化祭で終わっちゃうのは、残念ですけどね」

そこは受験という明確な壁がある以上、覆しようがない。

仮に俺たち三人が継続できても、岩野先輩が抜けることになるのは間違いない。

「でも、だからこそ、文化祭まで迷いなく全力を注げるのかもしれません」

　鳴は切り替えるように、そんなことを言った。

「……鳴はどうしてベースをやろうと思ったんだ？」

「……笑いませんか？」

「どんな理由でも笑わないよ。俺だって、大した理由じゃない」

「――目立ちたかったんですよ」

　鳴の静謐な声音が、秋の夜に溶けていく。

「こんな僕でも、輝けるような場所が欲しかった。だから憧れたんです。たまたま開いた動画で見たロックバンドのライブに。僕でも、ここにいれば輝けるかなって」

「……その理由なのに、選んだのはベースなんだ？」

「はは、一番好きになった楽器がベースだったので。このあたり、自分の性質からは逃げられないなって思いました。でも、良いんです。確かにベースは他の楽器と比べたら聞こえにくいし、素人には分からないかもしれないけど、ステージの上で、僕たちが作る音楽を最高のものにできたら、それはもう十分輝いてるかなって、そう思えるから」

「良いじゃん。輝きに行こうぜ。こんなベース弾く奴がいるのかって、驚かせてやろう」

　そう言いながら、鳴に拳を向ける。

鳴はおそるおそる、こつんと拳を合わせてきた。

*

「……期間が決まってるのは、ちょっとだけ気楽なんだよね」

芹香はいつも通りの表情で空を仰いだ。秋の夜空に枯れ葉が舞っている。

スタジオ練習が終わって、その帰り道。

鳴と岩野先輩は、俺たちの前を歩いていた。

「中学の時、仲が良かった友達とバンドを組んだんだ。でも、みんな練習が嫌いだったみたいで、どんどん練習の回数が減っていって……私が、もっと練習して、もっと良い演奏がしたいって言ったら、ギスギスするようになって……その後すぐに、解散した」

何度も同じことを繰り返してる、と芹香は続けた。

どちらも悪くないと思う。往々にして、モチベーションの違いは不幸を生む。

弱小バスケ部が突如として強豪と同じ練習をしたって、きっと部員が減るだけだ。

適当にバンドをやって程々に楽しむことだって、それも青春の一ページだろう。

「高校生になって、軽音部に入っても……中学の時と同じだった」

本気でやるなんて、口で言うほど簡単なことじゃない。いろんなものを犠牲にしないと果たせないのだから。ひとりだけが本気でも、きっと周りの人間は離れていくだけだ。意識の高い人間でも、そんな環境にいれば周りに流される——普通なら。

「それでも、音楽に対して真摯で在りたかった」

しかし芹香は普通じゃなかった。きっと、それを才能と呼ぶ。

かと言って同じモチベーションの仲間なんて、そう簡単には見つからない。

「だから、口を出さずにはいられなかったんだ。私は、我儘だから。自分の演奏さえよければいいなんて思えなかった。みんなで最高の演奏をしたかった。それなのに、このバンドはいつまで続くのかなって……そんなことばかり考えてた。怖がってたんだ」

その時傍にいる人と、目指しているものが、懸けているものが一致するなんて、都合の良い幻想なのだろう。一緒に走れる仲間が欲しいなら、自力で集めるしかない。

「……ねえ。夏希は、私と同じ夢を見てくれる？」

だから芹香は俺を選んだ。

俺なら一緒に走ってくれるんじゃないかと感じたからだ。

歌声が好きとか、多少ギターが弾けるとか、そういうのは付加価値でしかない。

芹香はそこまで語らないが、鈍感な俺でもそれぐらいは察していた。

「なに弱気になってんだ。らしくない」

俺はしおらしい芹香の背中を叩いた。芹香は驚いたように目を瞬かせる。

「俺たちの音楽で世界を変えるんだろ？」

ずっと一緒に頑張るなんてことが無理なのは分かっている。

俺に音楽の才能なんてない。少なくとも、芹香とはかけ離れている。

いずれ必ず引き離される。あの演奏に一目惚れした日から分かっている。だけど、それが文化祭までと決まっているなら、頑張れる。芹香と同じ夢を見るために。

「明日も練習するぞ。俺たちの夢を叶えるために」

不安そうな芹香を元気づけたい。その一心で伝えると、芹香はふふっと笑った。

「……ウケる。夏希、ちょっと気障すぎるって」

「おい急に現実に戻るな。今ちょっと良い話だったろ！」

ぶっちゃけ俺も言ってから「やべ、調子乗りすぎたかも……」って思ったよ！

「夏希の黒歴史更新記念にチョコあげる。はい」

「そんな記念品はいらんから忘れろ。俺は何も言わなかった。いいな？」

すべてをなかったことにしようとすると、芹香は首を横に振った。

「やだ。絶対忘れてあげないから」

どうやら俺は青春をやりなおしても、黒歴史を量産する性分らしい。
悲しみに暮れる秋の夜だった。

——あいつを幸せにしてやれよ。

竜也の言葉が、ずっと耳に残っていた。

分かっている。自分の考えが甘いことには気づいている。

歌詞を考えている間、自分という人間を深く掘り下げていた。

俺はどういう人間で、どういう考え方をして、誰を好きだと思っているのか。

音楽で自分を表現しようとすれば、自ずと自分に向き合う機会が増えていく。気づかないようにしていたことにも、気づかざるを得なくなる。俺は、逃げていただけだ。

選択から逃げていた。答えを出すことから逃げていた。

なぜなら、その選択は必ずどちらかを傷つける結果になるから。

それは嫌だった。俺は二人の笑顔だけが見たかった。大切な二人に、傷ついてほしいわけがない。そもそも、俺なんかにあの二人を選ぶ資格があるとは思えない。

いや、それすらも上っ面の思考だ。俺はそんなに良い人間じゃない。

——本当は、『自分』が人を傷つけることを、怖がっていただけだろう？

俺は優柔不断な性格だ。より正確には、灰色の青春を過ごした高校生の頃から、優柔不断な性格になった。その理由は、大きな失敗を経験した俺が臆病になったからだ。何を選ぶにも、その先に起こることを想定して、自分が何か下手を打っていないか確認してしまう癖がついていた。慎重と言えば聞き心地は良い。だけど本当はただの臆病者だ。

結局は自分に自信がないのだ。今までに散々言われている通りに。

だから選べない。選ぶということは、つまり恋人になるということだ。人と付き合った経験すらないハリボテの俺でいいのか？　俺は彼女を幸せにできる人間なのか？　俺は君の隣に相応しい人間なのか？　恋人という存在が現実味を増すにつれて、そんな問いかけがぐるぐると頭の中を駆け巡る。妄想の世界じゃないんだ。責任という重みがある。

片思いの時は楽だった。恋人という存在に、あまり現実味がなかったから。

選ぶことも、選ばないことも、どちらも今の俺には苦しい。

自分を偽装しても意味がない。本当の自分で答えを出す必要がある以上は。

だから悩んでいるふりだけを続けて、結論を先延ばしにしてきた。

でも、俺のその行動がむしろ人を傷つけているのなら、

勇気を出してくれた二人に、気を遣わせてしまっているのなら、

――変わるしかないだろう。

自信を持てる自分に。

かっこいいと思える自分に。

君が好きだと、君を幸せにすると、胸を張って言える自分に。

……せめて俺を好きになってよかったと、そう思ってもらえるように。

だから文化祭のステージで、かっこいいところを見せるんだ。

そのために毎日必死に練習してきた。妥協をする自分を認められないから。

それは俺が変わるための儀式。俺たちの音楽で、俺は俺が見ている世界を変える。

この歌が君に届いた時、君の隣に相応しい俺がそこに立っていると信じて。

▼第四章　俺たちの音楽を

文化祭の準備期間に突入した。

準備期間は文化祭の四日前から始まり、教室の飾りつけ等が許可される。

俺たちのクラス一年二組はカフェになった。飲食系はちょっとルールが厳しいらしく調理担当の面々は家庭科の教師に指導を受けている。俺は接客担当なので、事前の飾りつけや準備ぐらいしかやることはない。にわかに学校が騒がしくなってきた。

放課後は部活で準備に協力できない分、昼休みは率先して手伝っている。

「あーあ。灰原くんは頼りにしてたんだけどなぁ」

実行委員の藤原から不満げに言われ、「ごめんごめん」と苦笑する。

「急に軽音部に入っちゃったからねぇ」

「だからこうして昼休みに頑張ってるわけじゃないですか」

「部活組はみんなそう言うけど、帰宅部とか文化系の部活組は、放課後もっと長時間準備してるんだけど？　そのおかげでここまで小物類が出来上がってるんだけど？」

「悪かったって。許してくれよ」

藤原は謝り倒す俺をじろっと眺めてから、息を吐いた。

「はぁ……仕方ないな。灰原くんが文化祭で最高のライブをしてくれたら許そう」

「もう俺がライブするって情報広まってるのな……」

「有名人だからね。きっとみんな見に来るから、プレッシャーに負けないでね？」

「心配するな。感動させてやるから、日野と一緒に観に来いよ」

「なっ……」

藤原が顔を赤くする。

「んじゃ、俺はちょっとトイレ」

この後に飛んでくる照れ隠しを予期して、俺はさっさと教室を出る。

廊下も結構賑やかだ。クラスの出し物の準備で、たくさんの生徒が行き交っている。

準備期間中には時折授業の五、六時間目に準備用の時間を貰えるのだが、流石にそれだけでは時間が足りないんだよな。うちの文化祭はこの近辺では一番規模がでかいし。

「夏希、二組の調子はどう？」

声をかけてきたのは美織だった。

「ぼちぼち。カフェだからめちゃくちゃ事前準備があるわけじゃないし……って、あんまり協力できてない俺が言うのもなんだけど。そっちは？　お化け屋敷だっけ？」

「こっちは小物の準備で大変だよ。教室の改造は前日の午後じゃないとできないから、それまでに全部設計して、全部作っとかないと。ほら見てこれ、お化け」

美織は白い装束と黒髪のカツラをかぶり、俺を脅してくる。まあまあ怖い。

「学生のお化け屋敷にしちゃクオリティ高いな」

「でしょ？　うちの実行委員がだいぶこだわる人でさ」

そんな風に話し込んでいたら、「美織ー、遊んでないで手伝ってよ」と教室内の女子から声をかけられる。美織は「えー、仕方ないなぁ」と不満げに応じた。

「じゃ、夏希。また後でね」

「あ、そうだ。美織、お前、怜太と文化祭回るのか？」

「……一応そのつもりだけど、なんで？」

「二人で見にきてくれよ。俺たちのライブ」

「あなたに言われなくても行くよ。芹香がいるからね」

美織は肩をすくめて教室に戻る。

来てくれるのなら安心した。俺が変わるところを、美織には見てもらいたいから。

「あ、夏希」

ひょこっ、と。入れ替わるように教室から芹香が出てきた。

「文化祭のステージ、さっきスケジュール出た。軽音部は二日目の最後で、三組十五分ずつもらえるらしい」

「十五分ね。まあそんなところだよな」

「うん。三曲は問題なくできそう」

「軽音部内での順番は？」

「なんか部長と交渉したら、『お前らの後に俺らがやったら空気が地獄だろ』とかなんとか言っててトリになった。まあそっちの方がいいから文句は言わなかったけど」

まあ言わんとすることは分からないでもない。

ただでさえみんな上手いのに猛練習を重ね、このバンドのレベルはかなりの領域に達している。……俺以外は、という条件付きなのが悲しいところだが。

「つまりステージ全体のトリ？」

「そゆこと。最高の立ち位置じゃない？」

「今、急に緊張してきたけど」

「夏希なら何とかなるよ。どっちかって言うと篠原くんの方が不安かな」

「確かに鳴は、本番に弱そうな感じはあるな……」

練習だとそつなくこなしているが、本番前は気にかけてやる必要がありそうだ。

そんな余裕が俺にあるのかって話だけど。すでにもう緊張しているのに。

「……かけてきた時間が長いほど、緊張するからね」

芹香はそんな俺の様子を見て、呟いた。それから俺の肩に手を置いて、言う。

「でも大丈夫。私たちならやれるよ」

芹香の何の根拠もない自信が今はありがたい。

「ナツ！」

後ろからちょいちょいと肩を叩かれる。

振り返ると、鬼のお面を被った詩が俺を見上げていた。

「あはは、びっくりした？」

「最初にナツって呼んだらあんまり意味なくない？」

「た、確かに！　あたし馬鹿かも！」

「かもっていうか、馬鹿だよ」

「芹香はもうちょっとオブラートに包んでやれ」

「夏希はもうちょっとビブラート利かせてもいいよ」

「今言わなくてよくない？」

上手いこと言ったつもりか？

俺と芹香がアホなやり取りをしていると詩がお腹を抱えていた。

「あははは！　仲良くなったね、二人とも」

「今ので仲良くなった判定を受けるのはなんか不本意だな……」

「そう？　私はいつでもウェルカムだよ」

「意味が分からないよ。まず会話が成り立ってません」

何が面白いのか分からないが、俺と芹香のやり取りで詩がずっと笑っている。

そこで、詩がふと思い出したかのように言った。

「あ、そうだ！　聞いたよ昨日！　ナツたちの曲！」

ごそごそとスカートのポケットを探り、スマホを取り出す。

詩はツイスターを開き、俺のアカウントから投稿された動画をタップした。

『「mishmash leftovers / black witch」バンド始めました！　これは文化祭のライブで披露する予定の曲です！　よかったら聞いてみてください。フルはこちら↓』

これは俺が昨日、明日から文化祭の準備期間に入るということで、バンドの宣伝として投下したツイートだ。これから本格的にSNSでの宣伝を始めようと思っている。

これは一曲目に演奏する予定の『black witch』のレコーディング音源。鳴がミックスダウンとマスタリングをしてくれた。それにスタジオでの練習映像を合わせている。あえて全体を薄暗くして、見えにくくしているのは鳴のセンスだ。なかなか雰囲気がある。

「めっちゃかっこよかった！」

詩は目をきらきらさせながら俺たちを褒め称えてくる。

「セリーのギターも、ナツの歌も！　ぶっちゃけちょっと舐めてたかも！」

「最後のは言わなくてよかったかな……？」

「あはは、それぐらい感動したってことだよ！」

すでに五百回再生は超えており、三十件のリツイートがある。

俺にリプをしてくれた人も多くいる。多くはクラスメイトだが、顔と名前を知っている程度の人にも『ライブ楽しみ！』『すごいねこれ！』とか言ってもらえている。

ありがたいことだ。まあ実際かっこいいので、普通に投下するだけで話題にする自信はあった。俺と同時に芹香のアカウントでもツイートしてもらっているが、そっちも良い感じに拡散されている。まだ昨日の今日だし、口コミでもう少し伸びるだろう。

『black witch』は最初のギターイントロに鮮烈なインパクトがあるので、最初に宣伝するならこの曲だと思っていた。まあ歌詞は英語だらけで分かりにくいが、なんと動画の映像中には親切にも、その時歌っている部分の歌詞と共に日本語訳まで流れている。

鳴があまりにも有能すぎる。何も言わなくてもここまでやってくれるなんて……。

ちなみに『フルはこちら↓』のURLには、芹香のミーチューブチャンネルにアップしたフルの動画がある。そっちはすでに一万回再生を突破していた。早すぎる。

「てか、これオリジナル曲なんでしょ⁉」

「そう。私が考えた」と、ドヤ顔で胸を張る芹香。

「わぁっ、セリーすごいねっ！　ただの不思議ちゃんじゃなかったんだ！」

「さっきから若干失礼じゃない？」

「詩は意外とこんなんだよ」

芹香は詩の頭を掴んで揺らしている。詩の背が低いからってやりたい放題すな。

「でも、流石に『可愛い女子高生セリカのギターチャンネル♡』はどうかと思うけど！」

そういえば忘れていたが、あのチャンネル名のままフル動画が全校生徒に巡っていくことになるのか。まあ俺はどうでもいいけど……と思っていると、芹香が呟いた。

「文化祭期間中は、チャンネル名変えようかな」

どうやら流石の芹香にも羞恥心というものはあるらしい。

どのラインでそれが機能するのかは俺にもまだ未知数だけど。

＊

SNSでの宣伝は、俺が想定していたよりも反響があった。

俺がギターを背負って歩いているだけで「あ、あの人って……」「例のバンドのボーカルだよね」と、他学年の知らない生徒たちに話題にされるぐらいには。

当然、クラスでも話題は広まり、「文化祭の準備なんかいいから練習しろ！」とありがたいのかそうでもないのか分からない気遣いをされている。もちろん注目されるために宣伝しているのだが、日常生活にも影響が出るとちょっとやりにくさは感じる。

まあ分かっていてやったことだし仕方がない。芹香も同じくらい大変そうだし。

「夏希、見たよ二曲目。ダークな雰囲気で良いね」

「お前が歌上手いのは知ってたけどよ。動画で見ると別人みたいだぜ」

「サンキュ。まあ、あれはミックスしてる鳴がすごいんだよ」

タイミングを見計らって、第二弾の宣伝として『モノクロ』を投下した。こっちもかなり好評だ。歌詞を書いた身としては不安な気持ちもあったから、「共感できる！」「めちゃくちゃ良い歌詞！」等の感想を見かけるとほっとする。曲は間違いなく良い分、微妙な感想があったら俺の責任なんだよな。でも、今のところマイナスの感想は見かけない。

おおむね順調に見えるが、問題は三曲目だ。

三曲目はライブで公開！　ということにしているが、まだ完成していない。

SNSでは誤魔化(ごまか)しているだけだ。もちろん大部分はできているが、俺がまだ歌詞をこねくり回している。そろそろ諦(あきら)めて完成とした方がいいんだろうなぁ。

「夏希、今日の部活がタイムリミットね」

文化祭二日前。芹香に、そう伝えられた。

授業中もずっと歌詞を考えていたが、どうにも何かが足りない気がする。

この違和感(いわかん)を文化祭までにどうしても解消したかった。昼休みになると同時に、竜也(たつや)の飯の誘(さそ)いを断って、屋上に上る。冷たい風が頭上を吹(ふ)き抜けていった。

「夏希くん」

ぼうっと街を眺めていると、背中側から声がする。

「……星宮(ほしみや)」

「どうしたの？　憂鬱(ゆううつ)そうな顔して」

「三曲目の歌詞が、いまいち納得いかないんだ、ずっと」

「そっか。三曲目の作詞もしてるんだ。もう二日前だけど大丈夫なの？」

「ヤバいよ。まあ仮の歌詞はとっくにできてて、そっちでやるって話にはなってるけど」

「ふうん……どういうところが納得いかないの？」

「……なんか、何て言うんだろうな。弱さとか、迷いとか、そういうのが歌詞に出すぎている気がして。俺があの曲で伝えたいことは、そういうことじゃないのに」

星宮に聞かれて、胸中のもやもやを言語化していく。

「夏希くんは、何を伝えたいの？」

「なんだろ。もっと、こう、俺は変わるんだ、変われるんだ、みたいな。君のためなら世界を変えられるんだ、みたいな、そういう意志を感じ取れる歌詞にしたい」

言葉にしてしまえば、意外と単純だった。

でも実際にその気持ちを歌詞にするのは、かなり難しい。

「まあ、でも今更変えるのもみんなに悪いかなって気もしてる。今の歌詞だって悪いものじゃないし。今更無理に変えるよりは、今のままでいいんじゃないかなって」

それが俺が屋上でぼんやり考えていた内容だった。

妥協と言えば聞こえは悪いが、今更変えるよりクオリティは高くなるはずだ。

何より、芹香に今日までとタイムリミットを指定されてしまった。これ以上は引き延ばせない。だからいいんだ。三曲目は、今のままでも十分良い出来なのだから。

「――駄目だよ、夏希くん」

そんな風に自分を納得させようとした俺に、予想外の言葉が投げかけられる。

「星宮……？」

「変わるんだって、そういう意志を示したいなら、諦めちゃ駄目だよ」

星宮は怒っていた。真剣な瞳で、俺を見つめている。

「妥協したら世界は変わんないよ」

その言葉には真に迫る重みがあった。

きっと星宮自身が、普段からそう思っているのだろう。

「まだ時間があるなら、ギリギリまで考えよう？　もっと良いものにしたいんでしょ？　もっと良いものになるって信じてるんでしょ？　だったらわたしも協力するから」

「……ああ」

勇気をもらえた。星宮のおかげでまだ諦めずにいられる。

「夏希くんが自信を持って歌える最高の曲にして、最高のライブをしてほしいな」

心のどこかで、星宮ならそう言ってくれるんじゃないかと思っていた。

「これが最新の歌詞なんだけど……」

スマホで星宮に歌詞を見せて、一緒になって考える。

この曲のコンセプトがどういうもので、何を伝えたいのか。ちょっと恥ずかしい部分もあるけど包み隠さずに伝えて、より良い歌詞になればいいと願って試行錯誤する。

昼休みが終わっても、隣の席であることを利用し、筆談しながら考えていた。タイムリミットである部活の時間が刻一刻と迫ってくる。その中で、何度も書いては消して。

その果てに、やっと探していた言葉を見つけた。

「──で、できたっ！」

うおおおお！　と思わず歌詞を書いた紙を天に掲げてしまう。

どうしたあいつ、と、放課後に雑談していた面々の注目が集まる。星宮が慌てて俺の手を下げさせた。あまりの嬉しさにテンションがおかしくなってしまったぜ……。

「はいはい。喜ぶのはいいけど、みんなに見られたらよくないでしょ？」

「確かに……三曲目はライブで公開って話になってるから」

「結局、わたしはあんまり役に立たなかったね」

「いやいや、星宮がいてくれたから完成したんだよ！　ありがとう！」

「……まあ、そうだと思うけど」

星宮の手を握ってぶんぶんと振る。今の俺なら何だって倒せる気がするぜ！

「それじゃ、部活行ってくる！」

「うん、いってらっしゃい」

芹香たちにも早く伝えないとな！　三曲目が完成したって。

教室を飛び出して、第二音楽室へと向かう。

「こんな歌詞わたしに見せられても……どうしろって言うんだよ、ほんとにもう」

去り際、微かに聞こえた言葉は……聞こえなかったことにした。

＊

三曲目の歌詞を見た芹香は、親指を立てた。

「それにしても最初から随分変えたね……若干曲もいじる必要があるかな」

今日はスタジオ練習だ。部室と第二音楽室は他のバンドに使用されている。

「すまん。でも、こっちの方がいいよな？」

ギターのチューニングをしながら軽口を叩くと、芹香はため息をつく。

「そうじゃなかったら、今更曲をいじるなんて言わないよ」

鳴と岩野先輩も、そんな俺たちに従ってくれる。

「あのぉ、本当にご迷惑をおかけします……」

「申し訳なさそうにしている場合か。お前のギターが一番不安なんだぞ」

「そうですよね！　すみません練習します！」

「まったく……まだ悩んでいると聞いて、どうなることかと思ったが」

岩野先輩はいつも通りの真顔だが、どこか嬉しそうに見える。

「この歌詞、良いですね……！」

芹香から歌詞の紙を渡された鳴が感嘆の声を上げる。

「こんなに恥ずかしい歌詞を書けるのは、夏希の才能だと思います……！」

「分かってるけど、せめて青臭いとかにしてくれない？」

鳴は「そういうことにしておきますか」と呆れたように苦笑した。

俺に怯えまくっていた鳴が、今はこんな風に接してくれる。それが嬉しい。

「もう時間がないんだ。今日中に完璧に仕上げるぞ」

岩野先輩が場をまとめるように言い、俺たち三人は「了解！」と返事をする。

カンカンカンカンと、四つ打ちから音楽が始まった。

＊

いつもとは違う一日は、やはり高揚感を覚える。

ついに始まった文化祭の一日目。廊下を歩いているだけでにぎやかだ。

各教室は派手に飾り付けをされ、普段とまったく違う場所のように感じる。

「灰原くん！　そこ食器準備しといて」

「はいはい。ティーカップってどこにあるんだっけ？」

「後ろの棚の上！　あ、凪浦くん！　運んでほしいものがあるんだけど——」

開始時間前、準備に忙しなく奔走していると、詩に呼び止められる。

「あ、ナツ！　これナツの分ね！」

ぽんと手渡されたのは黄色いTシャツだった。

「何これ？」

「クラTに決まってるじゃん！」

クラT？？？　何だそれは……？？？

広げると、『1-2』という文字が無駄にスタイリッシュなデザインで修飾されている。

背中側にはクラス全員の名前があだ名で書かれていた。

はっ⁉　お、思い出した！　これはクラスTシャツだ！

一周目の時は背中側に俺の名前がなかったし、それに誰も気づいておらず、あまりの辛さに敗北し、記憶から存在を消していたんだった。いやぁ思い出せてよかった。

……よかったか？　よくはないかもしれない。

まあでも今回はちゃんと『ナツ』って書いてあるから……うん……。

ありがとう、みんな。俺のことを覚えていてくれて……。

なんか急に鳴のことが心配になってきた。

準備が落ち着いて始まるまでの暇になったタイミングで、同じ階の端っこにある鳴のクラスを覗きに行く。どうやら射的を出し物にしているらしい。開始前なので身内による試し打ちが行われている。鳴は教室の隅にぽつんと立っていた。

鳴は入り口にいる俺に気づき、外に出てきてくれる。

四組は紫色のクラスTシャツらしい。鳴もちゃんと着ている。

「どうしたんですか？　夏希」

「ちょっと背中を見せてくれるか？」

「え？　いや特に何もありませんけど……」

な、なんだと……？

鳴たちのクラTはシンプルに一年四組と胸元に刻まれているだけだった。

二組もそのデザインだったら、かつての俺が傷つく必要はなかったのに……。

「まあさっきまで僕の分だけなかったんですけどね……」

ははは……と、俺とは違う方向でやられている鳴。

枚数はあったけど存在に気づかれていなかったんだろうなぁ……。

「でも最近は、たまに声をかけてくれる人がいるんですよ」

そう語る鳴は嬉しそうだった。

「……バンドの動画、クラスでもちょっと話題になって、僕がベース弾(ひ)いてることに気づいてくれたクラスメイトも何人かいて、話しかけてくれたり、褒めてくれたり……それとライブも行くって言ってくれた人もいました。本当に、ありがたいことです」

きっと今までそんな経験はなかったのだろう。

だからたったそれだけの言葉を、鳴は大切に抱えている。

「そうか……じゃあ、最高のライブにしないとな」

自分のためだけじゃない。俺たち四人にはそれぞれの望みがある。だから、みんなのためにも頑張りたいと思う。俺たちの望みは、四人ともてんでバラバラだけど、文化祭で最高のライブをすれば叶(かな)うという点では、完全に一致しているのだから。

「はい！」

鳴は珍(めずら)しく勢い良く、俺の言葉に頷(うなず)いた。

＊

そんなこんなで、文化祭一日目が開催される。

校内では主に各クラスの出し物があり、中庭では各部活が主に飲食系の屋台を展開している。俺が入部したばかりの軽音部もブースで焼きそばを売っていた。芹香に確認したところ、俺も昼頃からシフトが入っているらしい。クラスのカフェの接客シフトと重ならないようには調整したが、だいぶ忙しい。一周目の文化祭は暇だったのにな……。

「いらっしゃいませー、こちらの席にどうぞー」

「わ、灰原くんが対応してくれるんだ。行きます行きます！」

クラスのカフェもてんやわんやだ。すでに八割の席は埋まっている。

俺の接客を喜んでくれた同級生の女子たちを、新しい席に案内していく。

「じゃあホットコーヒー二つ！　あとクッキーも！」

「えっとぉ、あたしはねぇ、灰原くんのスマイル一つで！」

「ハハハハハ……」何だこいつは。俺が接客スマイルのプロでよかったな。

楽し気に笑い合っている女子たちを横目に、入り口を見る。

さらに新たな客が入ってくるところだった。

俺が対応するより前に、完璧な営業スマイルの星宮が颯爽と対応する。

「いらっしゃいませー。お席に案内しますね？」

二組の何の変哲もないカフェが人気を博している理由は、まず間違いなく星宮が接客をしているからだろう。特に他学年の男子生徒が多く、星宮をじろじろ見ている。

何となく嫌な感じはするが、別に変なことをされているわけでもない。竜也が教室の端から睨みを利かせているのが良い牽制になっているのかもしれない。

本人は普通に眺めているだけなんだろうけど。

「そう心配しなくても、私がちゃんと見ておくから」

七瀬がこっそり耳打ちしてくる。流石、星宮の保護者を自称するだけはある。

「頼んだぞ、ママ」

「貴方のママではないわよ」

ジト目の七瀬に、額をデコピンで弾かれる。地味に痛い！

「まあ生徒だけだし、今日は多分大丈夫でしょう」

今日は外部の客がいない。外部の客が入れるのは二日目の土曜日だけだ。

まあ金曜日の昼間から外部客なんてほとんど来ないだろうから、どちらにしてもあまり変わらないだろうが。明日の方が忙しいんだろうなと思うと、若干憂鬱になる。

などと考えつつ接客対応していると、藤原に肩を叩かれた。

「灰原くん！　買い出し頼まれてくれない？」

「え、買い出し？　今から？」

「そう。ごめん、発注ミスがあって。このへんが足りなくなりそうなの」

申し訳なさそうな表情でメモを渡してくる藤原。珍しくしょんぼりしている。

まあクラスを指揮している藤原が抜けたら回らないだろうし、今のシフトのメンバーだと俺が行くしかないだろうな。藤原には何とか元気を出してもらわないと。

「おっけ。気にすんなよ。帰ったら日野に慰めてもらえ」

「そ、そのネタこすりすぎ……いちいち私が照れると思ったらっ」

キッチンの方から「任されたぜー」という能天気な日野の声が聞こえてきた。

藤原の顔が赤くなる。やっぱり可愛いな。日野曰く、二人の時は甘えん坊らしい。

「じゃ、買い出し行ってきまーす」

俺は藤原が怒り出す前にさっさと出発することにした。

「あ、待って。ナツ、あたしも行くよ」

詩がぱたぱたと駆け寄ってくる。なぜか白いハチマキを巻いていた。体育祭かな？

「あれ？　詩は今、自由時間じゃなかったっけ？」

「自由時間だから、ナツの手伝いをしたいの。……駄目？」

ど真ん中のストレートだった。見逃しでストライクを取られてしまう。

「いや……駄目じゃないけど、もちろん」

何とかそう答えると、詩は「やたっ！」とガッツポーズをする。

「行こ！　早くしないと怒られちゃうよ！」

たたっと走った詩が振り返り、元気な声でそう言った。

＊

主に上級生を中心ににぎわっている中庭を通り過ぎ、校門へと向かう。

「ね、明日はナツたちがあそこに立つんだよね？」

詩が指差した先は、中庭に設置された野外ステージだ。

今は有志によるダンスが披露されている。あまり上手くはないが楽しそうだった。

「一応、二日目のトリらしいぞ」

「一日目と二日目両方やるとこもあるのに、軽音部はないんだねー」

「それって吹奏楽部と新体操部ぐらいだろ？　今年は有志の参加が多いらしくて、軽音部は二日目だけになったらしい。二日ともやれたら良かったんだけどな」

とは言いつつも、本番が二回もあったら疲弊しそうだ。一回目でやり切って、二回目はもう燃え尽きている可能性もある。だから一回だけで十分なのかもしれない。

「てかさむっ。Ｔシャツ一枚は流石に舐めてたか」

「今日は比較的あったかいけど、流石に外はねー」

「もう十月も終わるからな……」

詩はちゃっかりといつもの赤い上着をクラＴの上に羽織っている。

「……うん。もう十月も終わるんだね。昨日まで夏休みだった気がするのに」

「あっという間だな。俺は昨日入学した気分なのに」

「あはは、それは時間感覚なさすぎ。てか、流石に戻る？」

「そうしよ……さむさむ」

流石に寒いので部室に寄って上着を取ってから、再び外に出る。

詩は文句の一つも言わずに、ニコニコしながらついてきてくれた。

「あ、夏希、詩。買ってく？」

軽音部のブースの前を通りがかると、エプロンを着た芹香が焼きそばを焼いている。髪を後ろで縛ってバンダナをつけていた。近所のおばちゃんみたいだな。

「身内割はないのか？」

「仕方ないな。特別に三百円」

じゅーじゅーと鉄板の上で音が鳴る。美味そうだ。

「駄目だよナツ。今は急いでるんだから、食べてる場合じゃないよ」

「くっ、正論……悪いな、芹香」

「えー、美味しいのに。少なくとも私が作ってる時は」

「料理得意なのか？」と尋ねると、芹香は「家庭的な女だから」とドヤっていた。

ふふんと偉そうにしている芹香はスルーして、今度こそ校門を出る。

「芹香はいつも通りだな」

「ナツの前で料理自慢はなかなか勇気あるね」

向かう先は一つ通りを抜けた先のスーパーだった。

「えーっと、小麦粉と、牛乳と、後は紅茶のパックと……」

「小麦粉はあっちじゃないかな？」

二人で藤原のメモを見ながら、かごに材料を放り込んでいく。

「よし、これで全部か」

メモとかごの中身を再度確認して、会計する。

「後は戻るだけだね！」

「ああ。てか、荷物持つよ」

ずっしりと重い袋を持つ詩から、ひょいと奪い取る。

俺が重い袋を二つ抱え、詩に軽い袋を一つだけ持ってもらう。

「それじゃナツがきつくない？」

「俺は筋トレしてるからな。これぐらい余裕だって」

まあ最近はギターの練習にかまけてサボっていたんだけど。

とはいえこの程度の重さで音を上げることはない。まだ俺の筋肉は衰えていないぞ！

「…………ずるいな、ナツ」

詩がぽつりと呟く。風に消えそうなほど小さな声だけど、俺の耳には届いた。

沈黙が訪れる。何となく今の雰囲気なら……言える気がした。

「なぁ詩。俺、大事な話があるんだ」

沈黙を引き裂いて、そう告げる。

本当はずっとタイミングを見計らっていた。

「うん。あたしもある」

詩は神妙な表情で頷いた。

「でも、ちょっとだけ待って。今はまだ駄目」

それから、ゆっくりと首を横に振る。

今はまだ駄目。それなら、いつが良いのか。

「――ねぇナツ。今日だけでいいから、文化祭、一緒に回ろう?」

その答えを示すかのような提案に、俺は黙って頷いた。

＊

買い出しを終え、俺のシフトと入れ替わるように詩が入る。

その後は軽音部のシフトがあり、俺と詩の自由時間が被るのは十五時以降だった。

十五時から終幕までの短い時間にはなってしまったが、俺と詩はさまざまな出し物を二人で巡り、文化祭を全力で楽しんだ。特に楽しかったのは二年一組の脱出ゲームだ。教室内にちりばめられた、難しい謎を解いていく過程が面白かった。まあ受付が岩野先輩だったせいか、だいぶ閑古鳥が鳴いていたけど。あの人が受付だと、みんな怖がって逃げていくから代わってあげた方がいいんじゃないかな……。

「いやー、楽しかったな」

　中庭の屋台ブースで売っていた軽音部の焼きそばと、バスケ部のたこ焼きも食べながら野外ステージでやっていた有志のお笑いライブも見た。なかなか面白かった。

「でも、ちょっと食べすぎたか」

「あはは、焼きそばとたこ焼き両方は重いよ」

「両方とも美味かったからな。お笑いもなかなか良かった」

「あたしは体育館でやってた劇が一番好きだったなー。普通に感動しちゃった」

「二年三組だったっけ？　あれは人気出そうだよな」

「若村先輩が主演だったのは笑っちゃったけど。でも意外と上手いし」

「それな」

　俺と詩はそんな風に笑い合う。

　気づけば、もう空は黄昏色に変わっていた。

　五時間目の終わりを告げる鐘が鳴る。それは一日目終了の鐘でもあった。

　校舎前の石段に並んで座って、ぼうっと片付け作業の様子を眺める。

　今頃、俺たちのクラスでも片付けが行われているだろう。二日目もあるから全部撤収する必要はないが、それでも大変なはずだ。そろそろ戻らなければならない。

「ナツ、聞いてくれる？」

立ち上がったタイミングで、ふと詩が言った。

隣を見ると、石段に座っている詩はじっと俺を見ていた。

目が合う。普段は輝いている瞳が、なぜかぼやけているように見える。

「ああ」

詩も立ち上がり、背中を向けて数歩歩くと、再び振り返る。

そこにあるのは向日葵のような笑顔だった。

「——あたしね、ナツのことが好きだよ。大好き」

この世界で一番に、と詩は続ける。

「だから、あたしと付き合ってください」

風が吹いた。秋を感じる冷たい風が、俺と詩の間を吹き抜けていく。

生まれて初めて受けた告白だった。

ひゅるひゅる、と。前髪が風になびいた。どこからか飛んできた枯れ葉が、俺たちの前に舞い落ちる。俺よりも先に覚悟を決めたのは詩だった。ならば、俺も答えなければならない。佐倉詩という人間に好かれ、彼女に惹かれた人間としての責任を果たす。

「──ごめん。詩の気持ちには応えられない」

詩は最初から知っていたかのように、表情を変えていない。

今日までずっと考えていた。俺は詩のことが好きだから。

気づいたら、好きになってしまっていた。ふとした時、目で追ってしまうぐらいに。

だけど、それ以上に……俺の心の支えとなってくれる人がいる。

「……俺には、好きな人がいる」

声が出にくい喉（のど）から、言葉を絞（しぼ）り出す。

未来のことを想像した時、俺の隣にいるのは詩じゃなかった。

俺が隣にいてほしいと願ったのは、昔からずっと、たったひとりだけだ。

「……そっか」

もう自分がどういう表情をしているのか分からなかった。

でも、これでいいんだ。これが正解だ。逃げ続けたって詩を傷つけるだけだ。

「あーあ。振り向かせてみせるって、決めてたのにな」

詩は夕暮れの空を仰（あお）ぐ。うろこ雲が茜色（あかねいろ）に焼かれていた。

『あたし、諦めない。今、ナツの心にいる人が誰だとしても、負けないから』

『ナツのこと、絶対に振り向かせてみせるから』

『——だから、待ってて？』

七夕まつりの夜の記憶が脳裏を過る。

「ごめんね、ナツ。きっと苦しんでたよね、あたしのせいで」

下を向いて黙っていた俺に、詩は問いかけてくる。俺は首を横に振った。

苦しんだなんて、そんなことはない。詩の気持ちは嬉しかった。あの七夕まつりの日は本当に幸せだと感じた。詩の太陽のような笑顔が好きだった。だけど、それを言葉にするのも違う気がして、俺は何も言えなかった。

「あたしのことは、気にしないで。明日にはいつも通りの友達に戻るから」

友達という言葉が妙に重く感じる。

そうしてくれるのなら、元通りになるのなら、俺は嬉しい。

だけど俺が詩にそれを望む資格はない。きっと残酷なことだと分かっている。

「あたしはね、ナツの優しさにつけこんでたんだ。……あたしが振り向かせてみせるって言えば、待っててって言えば、ナツならきっとその通りにしてくれる。答えが決まってたとしても、そこから目を逸らしてくれるって分かってた。そうやって作った時間で、何とかナツの心にあたしの居場所を作れたらいいなって、そう考えてたんだ」

……だとしたら、俺は詩の策略にしてやられていた。

「もうちょっとだと、思ってたんだけどなぁ。もう、ちょっと……」

ぽろり、と詩の目尻から涙が零れる。

「でも、間に合わなかったなぁ」

ぽつ、ぽつ、と。石段の上に水滴が落ちていく。

「そんなに覚悟が決まったって顔されたら、もう諦めるしかないよ」

確かに、少し前までは迷ってばかりだった。でも今は違う。

「……俺って、そんなに分かりやすいか？」

「こっちはずっとナツの顔ばっかり見てるんだよ？　分かるに決まってるじゃん」

「……詩には敵わないな」

お見通しです、と詩は笑った。涙を袖で拭いながら。

何度も袖で目元を拭った。詩は何とか、笑みを浮かべようとしていた。

その空元気を見ていられなかった。それでも目を離すわけにはいかなかった。

「ねぇ、ヒカリンにはいつ告白するつもりなの？」

何と答えればいいのか分からなかった。黙っていると、詩は続ける。

「……隠さなくてもいいよ。あたしには、ナツを迷わせた責任があるから。今度はちゃんと背中を押してあげたいんだ。あたしの好きな人が、幸せになれるように」

「……明日のライブが、終わったら」

うん、と詩は頷いた。きっとそこまで見抜いていたのだろう。

望む答えが出ないと知りながら告白したのは、きっと俺の背中を押すためだ。

こんなに優しい子がいるのかと、そう思った。

臆病なだけの俺なんかとは違う。佐倉詩は勇気のある人間だ。

「頑張れ、ナツ！　あたしも応援する！　だから、ちゃんと幸せになって？」

目元を赤く腫らしたまま、詩は元気よく告げる。

もう涙は出ていなかった。反対に、俺の視界がぼやけていく。

「……あたしに、未練なんて感じさせないでね？」

「……ああ。約束する」

俺に泣く資格なんてあるわけがない。だから目元を押さえて、どうにか堪えた。

そのまましばらく立ち尽くしていた。段々と薄暗くなっていく。正面にいる詩の顔すらも見えなくなっていった。近くの窓から漏れる教室の灯りだけが頼りだった。

「じゃあ、あたし、先に戻るね？」

「……ああ。俺も、もうちょっとしたら戻るよ」

詩は背中を向けて去っていった。

「……さよなら」

思えば、詩からその言葉を聞くのは今日が初めてだった。

いつも別れの挨拶(あいさつ)は、また明日とか、また学校でとか、次を約束する言葉だった。

詩が完全にいなくなった後、ずかずかと近づいてくる足音が聞こえる。

それが誰なのかは、顔を上げずとも分かっていた。

「夏希……」

「……竜也」

話を聞いていたのか、と問うまでもなかった。

胸倉(むなぐら)を掴(つか)まれる。無理やり顔を上げさせられ、竜也と目が合った。

「なんで、だよ……⁉」

「……俺には、他に好きな女の子がいる」

「どうしてだ⁉　……なんで、詩じゃねえんだよ⁉」

竜也は苦しそうな表情をしていた。

「……こういうのは、理屈(りくつ)じゃないだろ」

それは、竜也だって分かっているはずだ。

恋愛感情は、理屈では制御できない。

今まさに竜也が、俺に対して怒りを覚えているように。

「俺は、お前があいつを幸せにしてくれるなら、それで……っ!!」

「……悪い」

結局俺に返せる言葉はそれだけだった。

「テメェッ……！」

竜也は拳を振りかぶり、ギリギリと力を込める。殴られると思った。

殴られても文句は言えない。迷ってばかりだった今までの俺の立ち回りは、竜也の気持ちを振り回していたと思うし、同じグループの友達としても迷惑をかけていた。

しかし、徐々に胸倉を掴んでいる手の力が弱まる。握られた拳も行き場を失っていた。

「……ちくしょう」

やがて竜也はそれだけ言って、俺の横を通り過ぎていく。

竜也が歩いていく先は、先ほど詩が去っていった方角だった。

これが俺の選択の結果だった。

＊

翌朝はやけに早く目が覚めてしまった。

眠(ねむ)りが浅かったのだろう。でも今のところは緊張(きんちょう)しているわけじゃない。

いつもより早い時間に学校に向かう。

通学路もぽつぽつと人がいるだけで、いつも生徒で溢(あふ)れている道とは思えなかった。

一年二組の教室に向かうと、道中の廊下(ろうか)に知っている少女がいた。

ぼうっと窓から中庭を眺めていた少女は、耳につけていたイヤホンを外す。

俺も同じように、音楽を流しているイヤホンを取った。

「……いよいよだね」

芹香の目線の先には野外ステージがあった。

そう、今日が最初にして最後の本番。俺たちのバンドがたった一回だけ輝く日だ。

最高のライブにする。そう堅(かた)く誓(ちか)えば誓うほど、絶対に失敗できないという重さが背中にのしかかってくる。だけど重圧に負けないために、今日までずっと練習してきた。

「何聞いてたの？　夏希」

芹香の問いかけに、スマホの画面を見せる。

「エルレガーデンの『Supernova』」

芹香はくすりと笑う。それから、俺と芹香の始まりとなった言葉を再現した。

「趣味合うね、夏希」

「……そういう芹香は、何聞いてたんだ？」

「ん。今再生してたのは、フォーリミの『Lost my way』」

「……趣味合うな、芹香」

そんなやり取りをして笑い合った。

「やってやるぞ。俺たちが世界を変えるんだ」

「うん。私に置いていかれないように、ちゃんとついてきてね？」

こつん、と拳を合わせる。

挑戦的な芹香の笑みが頼もしい。

――そして、文化祭二日目が始まった。

＊

二日目は、一日目以上の忙しさだった。

主に他校の生徒や生徒の親兄弟がメインの客層となっている。

ミンスタで顔が知られている星宮を一目見ようという感じの客も多かった。

「お姉さん。よかったらRINE教えてよ」

「あー、ごめんなさい。わたし、RINEとかやってないんですよー」

「うわっ、マジかよぉ」

ちょくちょく言い寄られてもいたが、露骨な嘘でかわしていくのが頼もしい。

「はっはっは、フラれてやんの！」

「そんなん嘘に決まってんじゃん。ウケる〜」

何ならナンパしてきた客と一緒に笑い合っていた。

対応が強すぎない？　流石、アイドル並の容姿をしているだけはある。

ただ星宮が一部の客に拘束されているせいで、こっちはいつも以上に忙しい。

次から次へと客のオーダーを受け付け、キッチンに流していく。

「灰原くん。お客さん案内してあげて」

七瀬の言葉で、いつの間にか入り口にまた新たな客が待っていることに気づいた。

ホールって忙しいんだな。普段の七瀬の苦労にようやく気づいたよ……。そんな七瀬は
キッチン担当だ。バイト先の俺たちとは逆の担当になっていて新鮮味がある。

「いらっしゃいま――」

せ、と続けようとした時、よく知っている顔だと気づく。

「あ、お兄ちゃんだ」

「何だ波香か。早く家に帰れ」

「何だとは何だ⁉　こっちはお客様なんですけど！」

ぷんすかと怒る波香の両隣には、友達と思しき中学生少女たちがいた。

二人ともなぜか俺を見て目をきらきらさせている。

「わぁ、波香さんのお兄さん。ほんとにかっこいいね……！」

「ね～！　しかも成績も学年一位で、バンドでボーカルやってるんですよね？」

何で波香の友達がそこまで知ってるの？

眉根を寄せて波香を見ると、波香は「いいから早く案内してよ」と俺の背中を押す。

「はいはい。こちらへどうぞー」

「波香ちゃん、お兄さんの前だとこんな感じなんだー」

「いつもはお兄ちゃんがかっこいいって話ばっかりなのにねー」

「そ、そんなことない！　変なこと言わないで！」

友達に囃し立てられた波香が顔を真っ赤にして騒ぎ立てている。

みんなから生暖かい目線を向けられるので、そういうのは程々にしてください。

「あっ、星宮先輩だ！　こんにちは！」

波香は星宮に気づき、ぶんぶんと手を振る。

「こんにちは、波香ちゃん」

「お久しぶりです！　いつもお兄ちゃんがお世話になってます！」

何となく教室全体の注目が波香たちのテーブルに集まっていると感じる。

……妙に嫌な予感がするのは何でだろう。

「何で星宮先輩と、波香ちゃんが知り合いなの？」

波香の友達が小首を傾げる。星宮のことはみんな知っているらしい。ミンスタで可愛いと有名だって話は聞いていたが、ここまで当然のように知られているのか。すごい。

「え？　だって星宮先輩、うちに遊びに来たから……」

星宮の笑顔が固まった。すぐに波香の友達二人が星宮に詰め寄る。

「え⁉　ほんとですか⁉」

「つ、付き合ってるんですか⁉」

そこでようやく波香は失言に気づいたらしい。

「あ」と手を口元を当てた後、おそるおそる俺の方に視線をよこす。

俺が何とも言えない顔で視線を返すと、波香は申し訳なさそうに縮こまる。

すまねえ星宮、うちの妹は余計なことを言う天才なんだ……。

星宮はあえて口元に指を立てるだけでその場を収めたが、その仕草は逆に信憑性を高めたような気もする。クラスの連中は顔を見合わせ、ひそひそと話している。これはすぐに広まるだろうなぁ……。星宮と目が合い、お互いに苦笑した。

キッチンに入っている詩は、俺たちに反応せずにドリンク作りを続けていた。

「残念だったね」

「ちくしょー、彼氏いんのかよー」

「しかもイケメンだからな。お前じゃ無理だ」

星宮にナンパしていた他校の男子生徒たちがへこんでいる。

他にも機会を窺っていたっぽいグループが落胆しているようだった。

「平和になって何よりだわ。ちょっと複雑だけれど」

「結果オーライってことでいいのか？」

「うーん……まあ、陽花里に悪い虫がつかなくなると思えば？」

七瀬は微妙な表情だった。

結局星宮のことを第一に考えているのがママすぎる。

そこでぽんぽん、と肩を叩かれる。

「夏希。そろそろ上がっていいよ。ライブの準備とかあるでしょ？」

「本当か？　正直すごい助かる」

気遣いの怜太だ。やっぱり一度合わせてから本番に入りたいので、助かる。

「それじゃ、いったん上がりまーす」

「任せとけ。ライブ頑張れよー」

「了解。ライブ行くからね！　トリだっけ？」

怜太と交代して教室を出る。みんな、俺のことを応援してくれていた。

本当にありがたいことだ。俺みたいな素人の歌や演奏をみんなが聞きたいと思ってくれるのは、芹香の作った曲やみんなの上手な演奏のおかげだ。だからこそ頑張りたい。

「夏希くん！」

廊下を歩いていると背中に声をかけられる。

振り返ると、教室の入り口から星宮が顔を出していた。

「絶対ライブ行くから！　頑張れ！」

胸の前で拳を作って、力強く応援してくれた。

めちゃくちゃ嬉しい。めちゃくちゃ嬉しいが一つ問題がある。

……正直さっきのやり取りがあったせいか、俺たちに注目が集まっている。

この状況でそんな応援をかけられると、周囲がそういうムードになるのは明らかだ。

もう星宮は分かっていてやっているとしか思えなかったが……まあ、いいのか。

＊

第二音楽室でギターを鳴らす。

文化祭という非日常の世界で、ここだけはいつも通りの日常だった。

少しだけ安心した。

もう手に馴染んだギターから、いつも通りの音色が鳴る。

今日演奏する曲のコードを何度も何度も確認していると、扉が開く。

「考えることはみんな同じですね」

「今日が最後だからな。さっさと練習するぞ」

まだライブまで時間があるのに、鳴と岩野先輩がやってきた。

少し遅れて芹香が登場する。全員揃っているところを見て、目を見開いた。

「みんな、早いね」

「何をやっている？　一度は通しで合わせておきたい。早くセッティングしろ」

「ちょ、ちょっと待ってください。僕(ぼく)はまだチューニングが……」

「『モノクロ』のサビがいまだにコードミスるんだよなぁ。もう一度確認しないと」

俺たちがごちゃごちゃ言っていると、芹香は淡(あわ)く微笑(ほほえ)んだ。

「……うん。一度通しでやろっか」

四人で音を合わせる。大きな音が組み合わさって一つの曲に変わっていく。

この時間が少しでも長くなればいいと思った。それは本番が怖いからじゃなく、終わりたくなかったからだ。音楽で繋(つな)がり合っているこの時間を失いたくなかったからだ。

それでも必ず時間は進む。気づけば太陽は徐々に落ち始めていた。

芹香のスマホから着信音が鳴る。電話先は文化祭の実行委員のようだ。

文化祭も終わりが近づいている。本番の時間が近づいていた。

「軽音部の順番だって。そろそろ外に出ようか」

必要な機材や道具だけ持って外に出る。

中庭の野外ステージでは、すでに軽音部用のセッティングが進められていた。

セッティングを指揮しているのは部長だった。

部長のバンドは二組目だが、一組目のバンドのメンバーたちに声をかけている。

一組目のバンドは『クロックアップス』という名前らしい。一年生五人によるバンドだ。

俺も顔と名前だけは知っている男女が、ステージ上で緊張した表情を浮かべている。

「『クロックアップス』はキーボードも入れてるんですね」

「有名曲のコピーをやるらしいな」

ステージのセッティングが終わり、観客が徐々に集まり始める。

先頭で応援しているのは軽音部の部長だ。部長と一緒になっているのは、多分引退した三年生たちだろう。それに加え、バンドメンバーの友達と思しき生徒たち。

他の生徒は疎（まば）らに散っている。テントの近くや木陰（こかげ）など。どうせ暇（ひま）だし聞いてやろうという感じの生徒は多いが、近くで応援しようって気概（きがい）の生徒はあまりいないようだ。

「まあ文化祭とはいえ、客の数はこんなものか」

「軽音部に興味を持ってくれる人ばかりじゃないからね」

岩野先輩と芹香が現実的な意見を言う。

……まあ、むしろ一般的（いっぱんてき）な文化祭に比べたら多い方だろう。

ステージ前も、身内パワーとはいえ、それなりに盛り上がっていた。

MCもそこそこに、一曲目の演奏が始まる。

正直上手（うま）くはなかった。リズムも崩（くず）れているしギターの音色も走っていない。音のバランスがいまいちで、ボーカルの声があまり聞こえなかった。どう見ても緊張している。

ステージの裏手のテントで準備をしながら演奏を聞いていると、

「おーい、健吾！　久しぶり！」

俺たちのもとに駆け寄ってくる女子生徒がいた。

パーマがかった黒髪に、目元の泣きぼくろが特徴的だ。見たことのない顔だな。岩野先輩のことを呼び捨てにしているし上級生だろう。引退した軽音部の三年生か？

「師匠。こんにちは」

「あはは、その呼び方恥ずかしいからやめろって何度も言ってるのに」

師匠と呼ばれた女子生徒は、岩野先輩の腹を肘で小突く。

それだけで気心知れた仲なのだろうと分かった。何しろ、あの岩野先輩の腹を小突けるんですからね。この人が、岩野先輩にドラムを教えた師匠なのか。

「浅野先輩。どうも」

芹香の挨拶で名前を把握する。浅野先輩って方なのか。

「聞いてるよ。なんか調子良さそうじゃん？」

「はい、おかげさまで」

いつもの硬い表情のまま、岩野先輩が答える。浅野先輩はほっと息を吐いた。

「あたしさぁ、心配してたんだよね。あんた、見た目怖いじゃん？　だから後輩たちが怖がってバンド組んでくれないんじゃないかって。まあ杞憂で良かったけどね！」

それはまったく杞憂じゃないが、みんな空気を読んで何も言わなかった。

「芹香ちゃんだよね？　こんな奴を誘ってくれてありがとねー」

岩野先輩をバシバシ叩きながら言う浅野先輩。

「私は岩野先輩のドラムが好きだから」

「お、良いねー。あたしも何だか褒められてる気がするし」

それから、浅野先輩は俺と鳴にも視線をよこす。

「あんたたちもありがとね。こんな無愛想な奴だから苦労したでしょ」

「い、いえっ！　岩野先輩には、大変お世話になってます……！」

全力で首を横に振る鳴の態度が面白いのか、浅野先輩は呵々と笑った。

「君が灰原くんか、楽しみにしてるよ」

裏拳で胸をとんと叩かれる。

不思議と、その仕草に勇気をもらえた。

「じゃ、あたしはこんなとこで」

エールだけ送って退散しようとしていた浅野先輩を岩野先輩が呼び止める。

「……師匠。聞きましたよ。ようやく待望の彼氏ができたそうじゃないですか」

浅野先輩はピタッと動作を停止させた。

それからギギギ、と壊れた機械のような動作で岩野先輩に迫る。

「ど、どこで聞いたんだよ！　隠してたんだけど⁉」

「普通に鹿野の奴が言ってましたよ」

「あ、あの野郎……！　やっぱ言わなきゃよかったっ……！」

顔を赤くして怒る浅野先輩。鹿野というのは現部長のことだろう。

「おめでとうございます」

あくまで淡々とした口調のまま告げる岩野先輩。浅野先輩は気まずそうに頬をかく。

「受験前に何を舞い上がってんだって馬鹿にしない？」

「師匠にしては珍しくネガティブですね。素直に喜んでください」

「う、うるさいなーっ！　もう十分喜んだから！」

岩野先輩をバシバシ叩いて反論する浅野先輩。だが、岩野先輩の鋼鉄のような肉体には何の効果もなさそうだった。しかし、岩野先輩がこんなに饒舌なのは珍しいな。

「俺たちのライブ、彼氏と一緒に見てください。祝福しますよ」

「……元々見る予定だったけどさぁ、あーあ。分かったよ。そうするって」

投げやりに頷く浅野先輩に、岩野先輩は宣言する。

「――見ていてください。師匠が満足する演奏をしてみせます」

その言葉だけは、いつもの淡々とした口調とは異なり、力強く響いた。

浅野先輩も意外だったのか、驚いたように目を見張る。

それから「楽しみにしてる」と言葉を残して、観客席に去っていった。

その道中で、ひとりの男子生徒と合流する。短めの黒髪に眼鏡をかけている優しそうな青年だった。並んで歩く二人の距離感を見ても、きっと件の彼氏なのだろう。

岩野先輩は、そんな二人の背中をじっと眺めていた。

「なんかお客さん増えてきたね」

芹香が指差す方向を見ると、確かに中庭に客が集まり始めている。

「お、軽音部やってんじゃん」

「でもなんかいまいちじゃね？　ミシュレフまだ？」

「ミシュレフはトリらしいぞ。他のバンドが二個挟まるらしい」

他校の男子生徒たちが、そんな会話をしながら通り過ぎていく。

「ミシュレフもうすぐだっけ？」

「多分三十分後ぐらい？　ちょっと暇だねー」

「あたし『black witch』マジで好きなんだよね。生で聞けるの楽しみだな」

校舎の中から、そんな女子生徒たちの会話も聞こえてきた。

野外ステージの裏手のテントにいる俺たちに、注目されている気もする。

『──あ、ありがとうございました！』

結局いまいち盛り上がりきらずに、『クロックアップス』の出番が終了する。

『クロックアップス』のバンドメンバーたちは、何とも言えない複雑な表情を浮かべていた。

パチパチパチパチと言う拍手(はくしゅ)の音と共に、『クロックアップス』の面々が退場する。

「くっそー」

「あんまり上手くいかんかったなー」

「やー、ごめん。私がリズム焦(あせ)らなかったらもっと……」

「……うん。まあ仕方ないっしょ。ぶっちゃけ俺ら、こんなもんだって」

「あんま練習してなかったからな。もうちょいやっとけばよかった」

ははは、とそんな風に笑い合っている。どこか空虚(くうきょ)に響く笑い声だった。

「お疲(つか)れ」

『クロックアップス』の面々に芹香が声をかける。

「あ、ああ。サンキュ」

どこか気まずそうな返答があった。

まあ俺たちは軽音部の余り者バンドだからな。絡みにくいとは思う。

岩野先輩は多分怖がられているし、鳴は多分存在を覚えられていないし、俺はシンプルに誰ひとりとして知り合いじゃない。芹香も何となく避けられているようだった。

微妙な雰囲気のまま、『クロックアップス』が去っていく。

その間に、部長たち二年生メインのバンドがステージに上っていた。

「あー。あー。どうもどうも『アルマジロタンク』ってバンドです」

マイクの前に立った部長がぺこりと挨拶する。

ステージ最前列で歓声を上げる面々は、二年生の友達だろうか。

「まー、ぶっちゃけみんなミシュレフが楽しみで来てると思うんだけど、前座として楽しんでもらえたらって感じです。よろしくどうぞ！　じゃあ一曲目から――」

本番が近づくにつれて、段々と周囲の音が聞こえなくなっていく。

良い感じに集中できている。喉の調子も良い。指も動く。俺なら、できるぞ。

などと考えていたら、隣に肩を叩かれる。

そちらに目をやると、青い顔の鳴がガタガタと震えていた。

「き、緊張してきました……あわわわわ……」

「ど、どうした……さっきまでは結構冷静だったじゃないか」

「こ、この本番ですべてが決まると思うと……急に……手、手が……手が震える……」

俺も緊張していたが、自分より緊張している存在を見ると落ち着くな。

多分、『クロックアップス』を見たことも影響しているだろう。正直、成功とは言い難いライブだった。言い方は悪いが、こんな風にはなりたくない。

「そ、それに……どう見ても僕たち目当てのお客さんが多いから……」

部長たちのバンド『アルマジロタンク』の演奏が後半に入った。

もう客の数は加速度的に増え、高校の文化祭とは思えない光景になっている。

『アルマジロタンク』はバンプのコピーを演奏しており、部長のボーカルが上手いこともあってなかなか盛り上がっている。楽器隊も『クロックアップス』に比べると雲泥の差だ。

あまり練習していないはずなのに、これだけのライブができるのか。芹香がもったいないと言っていた理由が分かる。特に部長にはカリスマ性というか、オーラを感じた。

このバンドを差し置いて、俺たちがトリを務めるのだから、その重圧に緊張はする。

それでも、

「大丈夫だ。俺たちはやれる！」

がたがた震えている鳴の背中を思いっきりはたいた。

「いったぁ⁉」

ごめん、ちょっと強すぎた。ほら、俺も緊張していて力加減が……。

「悪い悪い。いったん深呼吸しよう」

鳴は俺のアドバイスに従い、すー、はー、と深呼吸を繰り返す。

「す、すみません……ちょっとは落ち着いたかも」

「私、スーパービーバーの『深呼吸』好きなんだよね」

「まあそれは分かるけども。唐突だな」

『アルマジロタンク』のライブを眺めている芹香はいつも通りに見える。

「お前は緊張してないのか？」

「してるよ。表には出ないだけ」

表情を変えずにそう語る芹香。確かに、心なしか口数が少ないようには感じる。

「リズムが崩れても気にするな。俺が支えてやる。存分にやれ」

頼もしい台詞だ。岩野先輩が言うから信頼できる。

これまでの積み重ねがあるからこそ、鳴も素直に頷いている。

ふとした時に、やっぱり先輩なんだなって感じるな。

まあ俺も七年先輩みたいなものなので、ちゃんと鳴をフォローしてあげないと。

「――輝きたいんだろ？　見せてやろうぜ、俺たちのかっこいいところを」

そう伝えながら、鳴の肩を支えて一緒に立ち上がる。

「は、はいっ……！」

ちょうど『アルマジロタンク』の最後の曲が終了したところだった。

観客席は熱狂していた。大歓声の中、『アルマジロタンク』が裏に降りてくる。

「ま、前座にしてはよくやったんじゃね？」

汗だくの髪をタオルで拭く部長に、芹香がうんと頷く。

「なかなか良かった。褒めて遣わす」

「ははっ、そりゃ光栄なことで」

「ほ、本堂さん。先輩に対する態度が……」

おそるおそる指摘する鳴に、岩野先輩が肩をすくめる。

「今更だろう。こいつが敬語を遣っているところを見たことがない」

「え、ええ……？」

まあ常に敬語の鳴からしたら異次元の存在だと思うけど。

などと考えている俺の肩に、ぽんと手が置かれる。部長が笑っていた。

「主役の出番だぞ」

にやりと笑って部長は告げる。

その掌から、三曲やりきった後の熱を感じた。

「ま、多少ミスしても盛り上がってりゃ誤魔化せるからな。肩の力抜いてけ?」

良い人だな。緊張している俺たちをリラックスさせようとしている。

始まる前も『クロックアップス』のフォローをしていたし、後輩への気遣いを感じた。

「……頑張ります」

一度垂れ幕が降りている野外ステージの上に上る。

野外ステージの上は、思っていたよりも狭く感じた。垂れ幕で観客席が見えない状態になっているせいだろうか。俺は中央前方に置かれているマイクスタンドの前に立つ。

主に先輩たちが使った後の機材で、セッティングを開始した。

音作りは芹香に任せる。普段よりちょっと難しそうな顔をしている。まあ、これだけの観客がいるからな。音量が小さいと聞こえない。楽器類の音量が大きすぎてボーカルが消されても意味がない。最適な音量バランスの中で、できるだけ大きくする必要がある。

俺は再度ギターのチューニングを確認する。

芹香は念入りにエフェクターを弄り回している。

岩野先輩はドラムセットの位置関係を何度も調整している。

鳴はベースの弦を触りながら、すー、はー、と深呼吸を繰り返している。

「……ありがとう、みんな。私のわがままに付き合ってくれて」

ふとした芹香の言葉に、それぞれの反応を示した。

「俺は俺のためにやっているだけだ。別にお前のためではない」

「ぼ、僕も、同じです。……本堂さんには悪いですが、他人のためなんて理由でここまで頑張れるほど、僕は良い奴じゃない。だから、僕は僕のためにベースを弾く」

芹香の視線が俺に向く。俺は肩をすくめた。

「――俺も、好きな女の子にかっこいいところを見せたいって、ただそれだけだ」

別に、芹香のためにやっているわけじゃない。……ただ、俺が頑張ることが俺だけのためじゃなく、他の三人の目的のためにもなればいいとは思っている。

「ばらばらだね」

そう言って、芹香は笑った。

余り者の寄せ集めで、目的もばらばら。期間もたった一か月半。

奇跡みたいな四人だと思う。本来なら、集まることのなかった四人だ。

「でも、最高のライブをするってところは一致してる。私が集めた最高のバンド」

ああ、そうだ芹香。ここはお前が作った場所だ。

お前の音に感化された連中の集まりだ。だから証明する。

この四人で過ごした時間には、確かに価値があったということを。

「頑張ろう。後悔のないように」

芹香はステージに控えていた実行委員に向かって、両腕で丸を作る。

実行委員の少女は頷き、ぱたぱたと足音を立てて裏手の方に走っていく。

『それでは、本日最後のバンド――ミッシュマッシュレフトオーバーズの皆さんです』

マイクで増幅された司会の声が響き、おおお、という観客の声が聞こえてきた。

垂れ幕が上がっていく。視界が徐々にクリアになる。まず見えたのは、ステージ前に溢れかえっている大量の観客だった。外部客もうちの生徒も入り交じっている。

部長たちが演奏している時も客が多いなと感じていたが、それ以上だ。まあ単純に文化祭のトリだからってのもあるだろうが、最大の理由はＳＮＳでの宣伝だろう。

垂れ幕が完全に上がり、夕焼けに染まった空が露になる。

煌々と輝く野外ステージの照明が妙に雰囲気を出していた。

ステージ前に集まる観客以外にも、屋台ブースの周辺からこちらを見ている人や、校舎の窓から覗いている人もいる。俺たちに興味がなかった人も多いと思うが、この騒ぎを見て興味を持ってくれたのだろう。そうじゃないと、この人数は集まらない。

観客列の真ん中あたりには、一年二組の生徒たちがいた。

カフェはもう閉店したのか、ほとんどのクラスメイトが集まっている。

七瀬も、日野も、藤原(ふじわら)もいる。

クラスメイトたちの中心に、星宮の姿が見える。

星宮は胸の前で両手を組んで、じっと俺を見ていた。

少し遠くてもはっきりと見えた。俺が頷くと、星宮も頷き返してくれる。

最前列には波香とその友達がいた。波香は「お兄ちゃん頑張(がんば)れ！」と叫(さけ)びながらペンライトを振っている。妹よ、そのペンライトはどこから持ってきたんだ……？

ほとんど関わりのない軽音部の人たちも、部長を中心に盛り上げてくれている。

一方、最後列の木陰では怜太と美織が並んで俺たちを見ていた。

これだけたくさんの観客がいても、探せば友達はほとんど見つかる。

――詩と竜也はいなかった。どこにも見つからなかった。

『楽しみだな。あたし、一番前で手振るからね！』

ふと詩の言葉を思い出して、首を振る。これが俺の選んだ道だ。

四人で目を合わせ、頷き合う。

まず最初に響いたのは、ハイハットの甲高い音色だった。

スネアドラムにスティックが叩きつけられ、ビートを刻み始める。ざわついていた観客が徐々に静まり返ると共に、岩野先輩が叩くドラムソロの音色が際立っていく。

――最初は下手なMCなんかより演奏で魅せてやろうと決めていた。

岩野先輩がその大きな全身を使いながら叩き出すドラムは、衝撃となって観客に押し寄せていく。その情熱的な音色が耳から腹の奥底まで響いた。圧倒的な手数の多さで叩かれたドラムソロは終盤となり、リズムが段々と速くなる。ビートが山の頂点まで登ったタイミングで、空気を引き裂いたのは芹香の鮮烈なギターソロだった。

ステージの前に踏み出してギターを鳴らす芹香のパフォーマンスに観客が沸く。

芹香の刃のように鋭いリフが響く中、岩野先輩が再びドラムを加える。俺は鳴と息を合わせて二人のパフォーマンスに割り込み、独立していた音色を曲へと変えた。

一曲目――『black witch』。

聞き覚えのあるイントロに変化したタイミングで再び歓声が沸いた。

怒号のような叫喚に足元がビリビリと震える。俺たちの音が負けそうなぐらいに。

すげえ。何だ、この熱は。これが……ライブなのか。

高揚する気持ちとは裏腹に、手元は氷のような冷静さでコードを重ねていく。

強い風に吹かれながらも、俺たちが生み出しているメロディという名の鳥が大空を羽ばたいていく。ＢＰＭ２００を超える音の洪水がステージから観客席を呑み込んだ。

来いよ、とギターを弾きながらマイクに向かって叫んだのは芹香だった。おおお、という観客の返答が熱となって俺たちに届く。その熱が俺たちの推進力となる。

大きく息を吸う。腹から声を押し出すように歌い始めた。

――ずっと、音楽だけを支えに生きてきた。音楽が私を救ってくれた。音楽が私のすべてだ。これからも、音楽を奏でるために生きていく。ギターが私の恋人なんだ。そんな芹香の気持ちが描かれた歌詞を、叫ぶように歌う。誰かに届けばいいと願いながら。

弾け飛ぶような勢いで叩かれたハイハット。芹香のオルタネイトピッキングが鳴らしたメロディが曲をサビへと引き上げた。鳴のベースがどっしりと俺たちを支えてくれる。

俺は激しいストロークでパワーコードをかき鳴らしながら、声量を上げる。

芹香のコーラスが俺の歌声を支えた。視線が合う。

どうだ、芹香。楽しんでるか？　お前が見ている世界は変わったか？

尋ねるまでもなかった。自分の感情を表現することが苦手だと語っていた芹香の感情が今は手に取るように分かる。跳ね回るようなギターの音色が、俺に教えてくれる。

二番のサビが終わり、Ｃメロに突入する。

芹香、と俺は叫んだ。俺と入れ替わるように芹香が前に出る。

体全体を揺らすように弾く圧倒的なギターソロがすべてを呑み込んでいく。

ぶわっ、と一気に鳥肌が立つ。度肝を抜かれるとはこのことだった。何度も聞いているはずなのに、何度だって衝撃を受ける。俺たちの世界を変えたギターの音色だ。

なぜだろう。俺は自然と笑った。緊張で強張っていた力が抜けていく。泣いても笑ってもこれが最初で最後の本番だ。芹香はいずれ自分と同じレベルの仲間を見つけて、今度はもっと広い世界を変えに行くだろう。その未来が、本当に楽しみだと思った。

だから今だけは、芹香と共に演奏できる幸福を噛みしめる。

大サビを乗り越え、やがて曲の終わりが訪れる。

芹香のミュートで曲を締めた瞬間、大歓声が地面を揺らす。

どっと疲れが押し寄せてきた。自分が汗だくになっていることに気づく。

ふらつきそうになりながらも、マイクに向かって声を絞り出す。

「あー、あー……。どうも、ミッシュマッシュレフトオーバーズです」

夏希ー、灰原くーん、とか声が聞こえてきた。口元が緩む。

「文化祭で最高のライブをする。そのためだけに集まった四人です」

これだけの人数が俺の一挙一動に注目していると思うと、今更ながら驚きがある。

青春をやりなおす前は、俺のことなんて誰も知らなかったのに。

何となく、遠くまで来たなと思った。

「ドラム――岩野健吾」

俺の紹介に合わせて、岩野先輩がだだだだん！　とドラムセットをかき回す。

くるり、とドラムスティックを回す余裕すらある。この人は緊張してないんだな。

「ベース――篠原鳴」

鳴が手首をしならせる。キレキレのベーススラップが野太く響いた。

一小節を弾き終わった後、鳴は勇気を出して握った拳を天に突き出した。

うおおお、と歓声が沸き、鳴に合わせて手を上げてくれた人もたくさんいた。

「リードギター――本堂芹香」

芹香が突発的に弾いたのはレッド・ツェッペリンの『天国への階段』のギターフレーズのアレンジだった。三弦をチョーキングし、一弦から音を下る。やはり芹香の時は歓声もひときわ違った。芹香はギターから手を離し、大きく手を振って応じる。

「それで……まあ、俺がボーカルの灰原夏希です。えー、なんか、すみません」

何で謝ってるんだ俺は。自分への突っ込みと同じ内容が観客からも届く。

ちょっとウケたからセーフか？　冗談だと思われたらしい。いかんいかん。こんな態度は違う。俺は今日、好きな女の子にかっこいいところを見せるって決めたんだ。

「……ぶっちゃけ、大したエピソードのあるバンドじゃないです。バンド名の通り、余り者の寄せ集めです。それでも、この四人で今日、最高のライブをやります」

そんな拙い俺の言葉の先を、芹香が続けてくれる。

「だからみんな！　協力してくれますか⁉」

おおー、と観客の前列からノリの良い観客の返答が聞こえてくる。

「声が小さい！　私たちに、協力してくれますかーっ⁉」

大きな声での芹香の問い返しに、おおおおお、と観客の声が地面を揺らした。

芹香が俺を見て笑った。こいつ、ライブ慣れしてやがる。敵わない。そう思いながら後ろの岩野先輩に視線をやる。岩野先輩は頷き、四つ打ちから演奏を始める。

芹香のイントロリフが響き始め、観客の手拍子が起こり始めた。ちょっと曲よりもリズムが速いけど、それぐらいで惑わされる岩野先輩じゃない。俺は宣言した。

「二曲目行きます！　――『モノクロ』！」

一曲目よりも複雑なギターコードだが、もう指が勝手に動く。

血が滲むまで練習した甲斐があった。

今ここで、胸を張ってギターを弾くことができる。

荒波のようなＡメロが終わり、緩急をつける芹香のアルペジオ。

一拍置いて、激しく重々しいながらも暗く冷たい夜のように物悲しいサビが始まる。

「後悔は　もうしたくない　モノクロの世界と　色褪せた日々を　」

変えるんだ、と自分で作った歌詞を叫ぶ。

今日まで努力を続けてきた。今度こそ自分が望む虹色の青春を手に入れるために。自分が何を求めているのか分からず迷う時もあった。虹色を望めば望むほど、それだけではいられないことに苦しむ時もあった。それでも選んで進んだ先に今の俺が立っている。

昨日までの俺よりも、今日の俺が少しでもかっこよくあればいいと思う。

観客の盛り上がりに負けないように、声を張り上げる。

声がかすれそうになっても、誤魔化すことなく本気で叫んだ。

気持ちが良い音が鳴っている。ここは本当に居心地が良い。俺が主役となれるようにみんなが背中を押してくれる。ありがたい。このバンドサウンドに、いつまでも身を浸していたい。そう思っていても時間は瞬く間に進み、曲は最後の大サビに突入する。

「　ありがとう　伝えたいんだ　みんなに
　俺の世界は　一緒にいるみんなが変えてくれたって　」

確かに俺は努力をした。でも、それだけで世界の色が変わったりしない。

俺はきっと恵まれている。一緒にいるために頑張ろうと思える人が近くにいたから。

だから、俺はみんなにありがとうと伝えたかった。これはそういう曲だった。

残響が響く。やがて、しんとした静寂が訪れる。

これだけの観客が、荒く息を吐く俺が喋り出すのを待っていた。

ばくばくと鳴っている心臓を落ち着け、呼吸を整えてから、俺は宣言する。

「――次、最後の曲。まだ公開したことのない曲です。芹香が作曲、俺が作詞しました」

待ってましたと言わんばかりの怒号のような歓声。観客のテンションも最高潮に達しているようだ。俺はいったん静かになるのを待ってから、息を吸いこむ。

今から言うことには勇気が必要だ。

どきどきと鼓動が高まり、胸が張り裂けそうになる。

それでも胸を張って、内心の緊張を悟られないように、かっこつけて言う。

「この曲を、俺が好きな女の子に捧げます。聞いてください――『星へ』」

きゃあぁ、と黄色い声がメインで聞こえてくる。今度は静かになるタイミングを待たずに三曲目が始まった。一、二曲目よりもスローテンポで、落ち着いた雰囲気の曲。

盛り上げる曲調ではなく聞かせる曲調を理解したのか、観客たちもリズムに合わせて体を揺らし始める。最前列のノリの良い人たちは、肩を組んでリズムに乗っていた。

観客の真ん中あたりを見ると、星宮の周りだけ妙にスペースがあった。俺に見えやすいようにクラスメイトが配慮したのだろう。最初から気づいていたんだけどな。

星宮陽花里は、穏やかな笑顔でじっと俺を見つめていた。

「桜並木の下　何気ない会話を覚えている

苦手でも好きなことはある　そう言った君に救われた

俺の偽装は間違いじゃないんだと」

冷静に考えて、こんな歌詞を星宮に確認してもらうなんて、あの時の俺は頭がおかしくなっていたとしか思えない。だけど後悔はなかった。より良い歌詞ができたから。

「月が見える夜　俺は逃げた

何も決められない　俺には自信がない
君を　幸せにする自信が
見栄　虚勢　逃げてばかりの毎日
だけど今　この歌で　」

この歌詞を作っている間、ずっと星宮のことを考えていた。
大好きな君に、相応しい自分で在りたい。そんな気取った言い回しよりも、もっと単純に表現できる。ただ俺は、君にかっこいいと思ってもらいたい。それだけなんだ。

「水面に映る月に　手を伸ばしているとしても
この音楽で君が見ている世界を変える　俺が君に変えられたように
満月の夜なんて待っていられない　溢れ出しそうな　この想いを　」

音楽が好きだ。ロックバンドが好きだ。芹香が弾くギターの音色が好きだ。歌うことが好きだ。この四人で作る音が好きだ。そして星宮陽花里のことが大好きだ。
だから俺は今こんな場所に立って、こんな歌を叫んでいる。

「泥臭くても　前を向け
　転んでも　立ち上がれ
　理想をいずれ　現実に変えるために
　君に相応しい自分へ　」

あれだけ練習を積み重ねても本番は一瞬で過ぎ去っていく。

もう最後の曲の終盤に差し掛かり、風のようにリズムが駆け抜けていく。

必死に歌って。必死にギターをかき鳴らして。

気づけば、大歓声と拍手の音に満たされていた。顔を上げるとみんなが笑顔で俺たちのことを見ている。その奥にいる星宮が、大きく口を開いて言葉を届けてくれた。歓声にかき消されて声は聞こえなかったけど、口の形だけで何を言っているかは分かる。

ありがとう、と言っていた。

届いたんだ。俺の気持ちが、この曲が――星宮の心に。

やりきった。息が荒い。視界も揺らいでいた。立ち続けるのが難しい。

疲れ果てて言葉が出ない俺を見かねたのか、芹香がマイクに向かって宣言する。

「以上！　ミシュレフでした！　ありがとうございました！」

　ひときわ大きな歓声が巻き起こる。

　垂れ幕が徐々(じょじょ)に降りていく。観客の拍手の音が聞こえてきた。

　名残惜(なごりお)しくなって、大勢の観客をもう一度見る。何度見ても信じられない。これだけの人数が、俺たちのライブを見てくれたなんて。一生の宝物になると思う。

　かすれた声で、鳴に尋ねる。

「なぁ、俺たちは最高のライブができたのかな？」

「何言ってるんですか、夏希」

　興奮した様子の鳴に、背中を叩(たた)かれる。

「これが最高じゃなかったら、なんだって言うんですか」

　鳴の言う通りだと思った。馬鹿な問いをした。

　足元がふらつき、倒(たお)れかけた俺を岩野先輩(せんぱい)が掴(つか)み、肩(かた)で支えてくれる。

「よくやった。これで俺も、後悔はない」

　曲が終わってもぼうっとしていた芹香が、俺たちの方に振(ふ)り返る。

「……夏希！」

　芹香が胸に飛び込んできた。

その勢いに負けて倒れそうになったが、岩野先輩が支えてくれた。

「私たちの、勝ち！」

何を以て勝ち負けを決めるのか知らないが、芹香はそう叫んだ。

俺も汗だくだが、芹香も同じだった。こんなストレートに感情を表現してくれる芹香を見るのは初めてだ。ぎゅっと抱き締めてくれる芹香を見て、思わず笑みが零れる。

「……芹香。俺、好きな女の子に愛の歌を捧げたばっかりなんだけど」

その直後にこんな状態になっていると、流石に若干気まずいところはある。

背中をぽんぽんと叩く。芹香はゆっくりと体を離して、淡く微笑んだ。

「お堅いね、夏希。そう心配しなくても、私はギターが恋人だから」

「そこは分かってるよ。俺は周りからどう見られるかを心配したんだって」

芹香はこつんと俺の額を軽く拳で叩いて、「ばーか」と呟いた。どういう感情なの？

混乱している俺に対して、芹香はさっさと立ち上がる。

ステージの裏手に戻ろうとしたタイミングで、アンコールの声が聞こえ始めた。

近くにいる文化祭実行委員の少女に目をやると、頷きが返された。

「まだ終幕まで十分ほどあるので問題ありません」

そうか。俺たちはトリだから、これまでが優良進行なら余った時間を使えるのか。

「……夏希、まだ歌える？」

「辛うじて。でも、声ガラガラだし。芹香がメイン張った方がいいかも」

「そもそも、なんかやれる曲ありますか？」

「息抜きがてら多少練習したコピー曲はいくつかあるだろう」

みんなで顔を見合わせて、苦笑した。

まだ終わらなくてもいいらしい。もう少しだけ、俺たちの時間は続く。

せめて少しでも長く、この一瞬が輝けばいいと思った。

▼間章四

これは、あたしに向けた詩じゃない。

その事実がどうしようもなく悲しくて、その場にいられなかった。

ナツとセリーのライブ、誰よりも楽しみにしていたのに、見ることすらできない。

屋上でうずくまっていても、ナツの声が、演奏が聞こえてくる。

あんなに盛り上がっているのに、あたしの心だけが水底に沈んでいる。

クラスメイトはみんなナツのライブを観に行った。後で行くからって言った。でも結局いつも通りのあたしでいられる自信がなくて、こんなところに来てしまっている。

なんて弱い人間なんだろう。ぽろぽろと零れ落ちる涙が止まらなかった。がちゃ、と屋上の扉が開く。顔を上げなくても、それが誰かなんて分かっていた。その誰かは、何も言わずにあたしの隣に座る。昔からそうだった。あたしが泣いている時、あたしが落ち込んでいる時、タツだけは決まってあたしを捜し出して、ずっと傍にいてくれた。

「……ライブ、観なくていいの？」

何とか言葉を絞り出す。タツはしばらく黙ってから、口を開いた。

「俺のことは気にするな。泣きたい時は泣けばいい」

タツがそんなことを言うから、何とか堪えた涙が、再び目元に溢れてしまう。

嗚咽が漏れる。その間も、ナツたちの曲が聞こえてくる。

ナツがヒカリンに向けて作った詩。臆病な少年が愛を伝える曲。

良い曲だ。本当に。この世界で一番に。どうしてこんなに良い曲を聞いて、涙が止まらないのか分からなかった。恋心なんてものがなければ、あたしは純粋にナツたちのライブを楽しめたんだろうか。でも、恋心がなかったら、この曲はこんなにもあたしの心に響かなかったような気もする。だとしたら……この感情が、あってよかったと思う。

叶わない恋だった。それでも、あなたを好きになってよかった。

この曲が本当に良い曲だと思える感性があたしに備わっていてよかった。

ごめんね、ナツ。一番前でライブを見るって約束したのに。

あたしがもっと強い人間ならよかったな。笑顔で、あなたのライブを見たかった。

だけど、あたしは弱い。弱いあたしに今のあなたは眩しすぎる。

あたしは、あなたみたいにはなれない。

幸せになれと、祈った。未練なんて振り切れるように。

その時、ナツの隣にいるのはあたしじゃないけれど、構わない。
そう言い切れるようになろう。
今度ナツと話す時は、笑みを浮かべて、そう伝えるんだ。
……だけど今だけは、もう少しだけ、このままで。

▼終章　枯れ葉が舞う、秋の夜に

二日間に渡る文化祭が終了した。

ライブで疲れ果てていた俺は、結局クラスの片づけをほとんど手伝えなかった。

クラスのＲＩＮＥグループでは『打ち上げ会やるぜ！』と、日野が元気に宣言している。

どうやらもう店の予約を取っているらしい。仕事が早いというか、最初から打ち上げがやりたかったんだろうな。軽音部の片づけを手伝ってから、バンドメンバーと別れる。

四人での打ち上げは別日に行おうと約束した。

もうこの四人で練習することはない。寂しいけど、会えなくなるわけじゃない。

一度家に帰ってシャワーを浴びてから、ＲＩＮＥで示された店に向かう。

そういえば、波香が何だかずっともじもじしていたのは何だったんだろうな？

妹の挙動を思い返して首を傾げつつ、到着したのはもんじゃ焼きの店だ。暖簾をくぐると大広間に案内される。クラスのみんなが六人ずつテーブルごとに分かれ、畳の上で楽しそうにお喋りしている。テーブル上の鉄板には美味そうなもんじゃ焼きがある。

「おっ、やっと来たな主役！」

サッカー部の岡島くんが陽気に笑いながら肩を組んでくる。

「悪い悪い。ちょっと遅れた」

クラス全員の視線が俺に集まる。みんなは学校から直接ここに向かったらしい。俺は流石に汗だくで登場するのも躊躇われたから、家でシャワーを浴びた分の時間差があった。

「夏希、こっち座りなよ」

怜太が自分の隣の座布団を叩く。

そのテーブルには星宮、七瀬、日野、藤原が座っていた。

「お疲れ様」

まず声をかけてくれたのは七瀬だった。

「ライブ良かったぜ。まさか、あんなに盛り上がるなんてな」

肩を小突いてきたのは日野だ。ヘラでもんじゃをつつきながら、言葉を続ける。

「奏多なんて感動して泣いてたぞ」

「な、泣いてない！　適当なこと言わないで！」

藤原がバシバシと肩を叩いてくる。

「あの、照れ隠しなら日野の肩を叩いてくれないか？」

「ほら、位置的な問題で……」

「いや、どういう言い訳なんだそれは……」

微妙な顔で藤原を見ている間に、怜太が新しいもんじゃの生地を鉄板に広げる。

「今年の文化祭は伝説になったね。何人集まってたのかな?」

「うちの生徒の過半数はいたわね。外部客も百人はいたんじゃないかしら」

「当然でしょう！　それだけ凄かったもの！」

なぜか藤原が目を輝かせながら言う。

それから自分の挙動を振り返り、照れたように顔を逸らした。

多分ミシュレフのファンなんだろうなぁ。ありがたいことだ。

クラス全体の注目が俺たちのテーブルの会話に集まっているのを感じる。

最高のライブができた影響だと考えれば悪い気分じゃないが、やりにくさはある。

……というか気になるのは、ここまで星宮が何も喋っていないことだ。

正面に座る星宮を見ると、目が合う。

ばっ、と星宮が思い切り顔を逸らした。

「……」

「……」

何だか気まずい空気が流れる。

クラス全体の生暖かい視線が俺たちに集まっていた。

……まあ名前を出さなかったとはいえ、何となくクラスのみんなも察しはつくか。

好きな女の子に捧げるなんてかっこつけて、曲名なんてそのまんまだし。

「……えっと、お疲れ様」

「……あ、ああ。ありがとう」

何だこれは……。なぜここまで会話がしにくいんだ……。

どう見ても星宮は緊張している。あちこちに視線を彷徨(さまよ)わせていた。

「陽花里(ひかり)、落ち着きなさい」

呆(あき)れた七瀬に頭を撫(な)でられる星宮だった。

そんな俺たちの様子を見て、怜太が話題を切り替える。

「夏希はこれからどうするの？　バンドは続けられそうなの？」

「いや、みんなには言ってたと思うけど、元々文化祭までって話なんだよな」

俺の答えに、「ええーっ！」という声がそこら中から漏れる。俺たちの会話に聞き耳立てすぎじゃない？　もっと自分のテーブルで会話をしてください。

「やっぱりそこは変わらないんだね。あれだけのライブをしたのに」

「まあ岩野先輩が受験勉強に専念するし、仕方ないよ」

　終わってみて、実感する。

　ここまで話題になるほどのライブができたのは、やはり芹香の力が大きい。

　俺たちとは根本的にものが違うのだ。そんな芹香を間近で見ていたからこそ、夢を見ることなく現実を歩いていける。鳴も岩野先輩も、多分俺と同じ心境だろう。

「軽音部は続けるのかしら？」

「今のところ続ける予定だよ。ギター楽しいから」

「そうか。また夏希の歌が聞けたらいいな」

　そんな風に語る怜太に、ふと気になったことを尋ねる。

「そういえば怜太は、美織と一緒に見てくれてたよな」

「最後方にいたのに、よく気づいたね」

　昔から美織を見つけるのは得意だからな。かくれんぼなら美織に負けたことがない。

「美織と一緒に文化祭を見て回ってたんだ」

　怜太はもんじゃ焼きをヘラで器用に取り分けながら、さらりと言う。

「――付き合うことになったよ」

　一瞬、思考が空白に染まる。

だけど二人の関係を考えれば順当な結果だ。

美織も夏休みの終わりに、怜太に告白すると言っていたからな。

意外と遅かったな、という気持ちもあるし、唐突だなと感じる気持ちもある。

まあ俺が知らないところで二人の関係はどんどん進んでいたのだろう。

「夏希が協力してくれたおかげだよ。ありがとう」

「俺、何かしたっけ？　応援するとは言ったけど何もしてないよな」

「いやいや、その言葉だけでも十分心強かったよ」

怜太は柔らかく笑った。何となく、それは怜太の本心からの表情に見えた。

「はは。何にせよ、おめでとう」

俺がドリンクを乾杯のポーズで掲げると、同じテーブルのみんなも乗ってくれる。

「白鳥くんにしては手が遅かったわね」

「七瀬さんの僕に対するイメージおかしくない？」

「まあイメージの話をするなら確かに」

「夏希も頷かないで。僕そんなにチャラついてないでしょ。ねえ、星宮さん」

「うーん……まあ日野くんよりは？」

「え、そこで俺に飛び火すんの？　こう見えて俺は奏多一筋だけど？」

「ちょっと俊哉。余計なことは言わなくていいから……っ！」

一年二組の打ち上げ会は和やかに進行していく。

普段は盛り上げ役を担ってくれる詩と竜也がいないことに、誰も触れなかった。

少しだけ息苦しくなって、店から出る。

夜はもう寒い。冷たい夜風に吹かれながら、店の壁に寄りかかる。

やりきった。精一杯のことはやった。自分の行動に後悔はしていない。

それでも、どうしても複雑な心境にはなってしまう。ここに二人がいないから。

「……そんな顔しないでよ」

空を仰ぎながら、近づいてきたのは星宮だった。

俺と同じように打ち上げ会を抜け出してきたらしい。

「……わたしは、嬉しいよ？　だから夏希くんも、そんな顔しないで」

そう語る星宮の表情は、どこか物悲しく見える。星宮にも思うところはあるのだろう。

「ねぇ夏希くん。今日のライブ、本当にかっこよかったよ」

「……星宮がそう言ってくれるなら、今日まで頑張った意味があったよ」

隣に並ぶ。肩が少し触れた。

星宮の視線につられて、空を仰いだ。

澄み渡る夜空。瞬く星々の中心に、煌々と輝く満月があった。

意図していたわけじゃないが、今日ほど相応しい日はなかった。

「……ねぇ、夏希くん」

星宮が何かを言おうとした。

だが、言わせない。今日ばかりは俺の番だ。


「――月が、綺麗ですね」


あの夏の日に、星宮が言えなかった言葉を今日は俺が引き継ぐ。

いつか満月の夜に、と星宮は言った。今日を逃せば、きっと言う機会はないだろう。

気取った言い回しで恥ずかしいけど、するりと自然に言葉が出てきた。

「君と一緒に、見ているからかな？」

星宮は肩を寄せてきて、照れ臭そうにはにかんだ。

ぴったりと寄り添いながら、月を見ている星宮の横顔を見る。

「ねえ、わがまま言っていい？」

「今なら何でも聞くぞ」

「ほんとに？　じゃあさ、ちゃんと言葉にしてよ。曖昧な言葉じゃ不安になるの」

もっと確かなものが欲しいと言う星宮に、思わず苦笑する。

「……星宮が始めた流れなんだけど？」

「う、うるさいなぁ。かっこつけたいお年頃なんだよ。わたしだって」

ぐりぐりと肩に頭を押し付けてくる。

要望されたので、仕方なく素直に胸の内を吐き出していく。

「……好きだよ、星宮。この世界で一番。だから、付き合ってください」

そう伝えると、背中に手を回された。俺も星宮の髪を触り、胸元に引き寄せる。

「……うん。わたしも、夏希くんのことが好き」

流れでこんな行動をしてはいるが、普通に心臓がバクバクだ。

抱き締めている星宮もそれに気づいたのか、俺を見てくすりと笑った。

「夏希くん、実はドキドキしてる？」

「実はも何も、ドキドキしてないわけないだろ」

「あ、開き直った」

「星宮だって同じだろうに」

「ふふ。残念ながら、わたしには分厚い胸部装甲があるから見破られないよ」

それを自称するあたりは星宮らしいな。

確かに抱き寄せている今も、柔らかい感触しか伝わってこない。

「ねえ夏希くん。今までずーっと思ってたわがまま、もう一つ言っていい？」

「どうぞ」

「……名前で呼んでよ。わたしは夏希くんのこと、名前で呼んでるのに」

確かに、自分の中で星宮は星宮で定着しすぎていて、名前で呼ぶなんて発想そのものがなかったな……。いや、あったかも。普通に恥ずかしくて挑戦を断念した気がする。

でも恋人になるのなら、恥ずかしいなんて言っていられないよな。

「えー、っと……陽花里」

勇気を出して名前を呼ぶと、星宮は――陽花里は、ふわりと花が咲くように笑う。

月よりも綺麗な笑顔だった。

「はい、陽花里です。君の彼女の陽花里です」

「ぶっちゃけ慣れないっていうか、恥ずかしいな……」

「それぐらいは我慢してね。星宮って呼ぶ度に罰ゲームするから」

「そんな理不尽な……」

抱き締め合っていると、店の窓から話し声が聞こえてくる。

「そういや灰原（はいばら）と星宮は？」

「いつの間にかいないよな。そういうことじゃね？」

「うわぁ、マジかよあいつらー。打ち上げ会を青春に利用しやがって」

そんな話し声が、徐々に遠くなっていく。おそらくはトイレに繋（つな）がる廊下（ろうか）だろう。

陽花里と至近距離（きょり）で顔を見合わせる。

冷静に今の俺たちの状況（じょうきょう）を鑑（かんが）みて、そっと離れた。

「……も、戻ろっか」

「……そ、そうだな！」

顔を真っ赤にしている陽花里。俺の頬（ほお）も熱い。

……普通に、二人で盛り上がりすぎたかもしれない。

たまたま近くに人がいなくてよかった。誰（だれ）かに見られていたら死ぬところだ。

クラスの疑いを晴らすために、陽花里と時間差をつけて戻ることにする。

ひとりになって一度大きく息を吐いた。頬をつねる。じんじんとした痛みがある。

確かにここは現実だ。

——つまり星宮陽花里が、俺の人生初の彼女となったということ。

いろんな感情が織り交ぜられ、言葉にすることが難しい。未来に対する不安がある。

それでも今だけは、この幸せに浸っていたいと思った。

満月が、晴れ渡る夜空に輝く。風に吹かれて、枯れ葉が舞った。

そんな秋の夜の出来事だった。

＊

最初に報告する相手はもちろん決まっていた。

家に帰ってシャワーを浴びた後、スマホを取り出して通話をかける。

もう夜も遅い。寝ているかもしれない。そう分かっていながら、今すぐに話したいという気持ちを抑えきれなかった。プルル、という音を聞きながら応答を待っていると、その音が途切れると共に、相手の息遣いが聞こえてきた。

「……美織？」

『……どうしたの？　夏希』

妙に穏やかな声音だった。いつもの若干冷たい感じとはまるで違う。

「……お前、どうかしたのか？」

『ん？　どうもしてないよ、別に。それより、何か用事？』

違和感は増すばかりだった。だけど美織は平静を装っている。それはなぜ？　当然、電話中の俺に悟られないためだろう。だったら、何も聞かない方がいいのかもしれない。

踏み込んでいいのかどうなのか迷っていると、美織はため息をついた。

『……余計なことばっかり敏感だね、あなたは。昔からね』

美織はそう思うだろう。美織のことなら、声だけでも何となく分かるから。

『怜太くんと付き合うことになったよ』

美織の神妙な声音での報告は、疑問ばかりが膨らんでいく。

なぜ喜んでいない？　何かあったのか？　俺は何かを勘違いしている？

「……おめでとう、でいいんだよな？」

『うん。ありがとう。嬉しいな。これで目標達成だ』

「じゃあ、なんでお前は泣いてるんだよ」

美織は押し黙った。特に根拠があるわけじゃなかったけど、沈黙が肯定した。

『……それとは、別の理由だから。気にしないで』

「美織」

『ねえ夏希』

俺の言葉に被せるように、美織は話をする。

『良いライブだったよ、本当に』

「そりゃどうも。お前が俺を褒めるなんて、珍しいな」

『普段は褒めるところがないからね』

「おい。事実で人を傷つける癖をなくせ」

『事実なんかじゃないよ。バカだね、あなたは』

「……そうかよ」

『あなたの電話の用件、当ててあげよっか？』

「さあ、当たるかな？　聞いて驚け」

『陽花里ちゃんと付き合うことになったんでしょ？』

ドンピシャで言い当てられてしまった。流石の美織も驚くと思ったのに。

「……なんで分かった？」

『分かってないわけないでしょ。分かってなかったのはあなただけだよ』

美織はすぐ話を盛るところがある。自分が敏感だからって。確かにライブで告白同然のことはしたが、あれで俺が陽花里と付き合えるかどうかなんて分からないだろ。

「……ま、いいや。とにかくそういうことだから、報告しようと思って電話したんだ」

『……何で？』

「……お前の協力があったおかげだし、ありがとうって言おうと思って」

答えながら、疑問に思う。

俺が美織に報告することに理由が必要か？　虹色青春計画のパートナーだろう？

『どういたしまして。……おめでとう』

「……ああ」

何だ、このテンションは。思っていたのと違う。

もっと盛り上がって、お互いに目的を果たしたのだから。そのために頑張ってきたはずだから。

だって、お互いに目的を果たしたのだから。そのために頑張ってきたはずだから。

『まあ、途中からはほとんど何もしてないけどね。あなた自身の力だよ』

確かに、美織に頼る機会は段々と減っていった。

あまり美織に近づきすぎるのも怜太に悪いと思ったのがまず一つ。

芹香や七瀬など、頼れる友達が増えたのが一つ。

もう一つは――何となく、美織が俺を避けているように感じたからだ。

「……俺も途中からは協力できなかったな。お前の作戦に」

『私の方も成功したから、いいんだよ別に。結果がすべてだって』

確かにそうだ。結果上手くいっている。だから何も問題はないはずなんだ。

『それに、いくら協力関係だからって、頼りすぎるのもよくないからね』

美織が俺を避けるようになったのも、それが理由だろうか。

筋は通っている。だが解せない。何かを決定的に間違えている気がする。

『あなたは陽花里ちゃんと、私は怜太くんと恋人になった。お互いの目的達成だね』

厳密には少し違う。美織の目的は達成したが、俺の目的は虹色の青春を送ること。陽花里と恋人になることはその一環だけど、それを今ここで指摘するのも野暮だろう。

そうだなと俺が頷くと、美織は淡々と告げた。

『じゃあ、ここで私たちの協力関係は終了。パートナーは解消だね』

それは予想していない言葉だった。

「美織？　どうして……」

『え？　だってお互いに目的果たしたんだから、むしろ続ける理由がないよね？』

美織の言葉は正論だった。

何となくこの先も続くと思っていた俺が間違いだった。

仮に俺の目的が正確には果たされていないことを告げても、美織側の目的が果たされている以上、もう協力する理由がない。俺たちの協力関係はここで終わりなんだ。

『別に、そんな気にする必要はないでしょ？ これからも友達なんだから』

「……そうだよな」

『落ち込まないでよ。もう私がいなくても、あなたは大丈夫(だいじょうぶ)だよ』

「そんなことはない。俺はまだまだミスばっかりだぞ？」

『たとえそうだとしても』

美織は、そこで言葉を区切った。その声音は少しだけ震(ふる)えていた。

『これからは、陽花里ちゃんがあなたを支えてくれるんだから』

気づけば電話は切れていた。スマホを置いて、ベッドに身を投げ出す。

目的を果たし、契約(けいやく)を終了する。至極(しごく)当然のことだ。何も、おかしなことはない。

それなのに、心にぽっかりと穴が空いた感覚だけは消えなかった。

そして本宮(もとみや)美織は、灰色少年の虹色青春計画の協力者ではなくなった。

ただ、それだけの話だった。

あとがき

昔からロックが好きでした。けれど語れるほど詳しいわけではなく、楽器も軽くギターを触ったことがある程度だったので、音楽描写はなかなか頭を悩ませました。私が描きたかった青春の熱が、皆さまに伝わっていれば嬉しいです。

お久しぶりです。雨宮和希です。

今回は秋と文化祭と音楽の物語です。テーマは選択。恋愛が絡むと、何を選んでも最良の結末にはならないのが難しいところだと思います。それでも、決断をするのが主人公の役目だと思っているので、灰原夏希には頑張ってもらいました。この先は、恋愛経験皆無の夏希にとって、未知の領域になると思います。五巻が楽しみですね！

謝辞に移ります。担当のNさん、今回も「〆切なら置いてきた。この先の戦いにはついてこれないからな」と言わんばかりの進行、誠に申し訳ございません……。イラストレーターの吟さん、素晴らしいイラストをありがとうございます。芹香かわいいよ芹香。

また関係者の皆様、読者の皆様にも感謝を。今回もありがとうございました。

次回予告
2023年夏、
発売予定!!!!
NewGame+ START?
▶Yes No

haibarakun no tsuyokute
seisyun newgame

灰原くんの強くて青春ニューゲーム5

バンド活動を通して自分の気持ちを伝え、
遂に陽花里と恋人同士になった夏希。
しかし灰色の青春時代を送ってきた
夏希にとって恋人という存在はまさに未知数。
どこまで踏み込んでいいのか、悩みは尽きない。
一方、恋に破れた詩との距離感についても、
複雑な想いが交錯し――……

灰原くんの強くて青春ニューゲーム 4

2023年3月1日　初版発行

著者――雨宮和希

発行者―松下大介
発行所―株式会社ホビージャパン

〒151-0053
東京都渋谷区代々木2-15-8
電話　03(5304)7604（編集）
03(5304)9112（営業）

印刷所――大日本印刷株式会社

装丁――coil／株式会社エストール

ISBN978-4-7986-3094-6　C0193